及宋朝李清照的尋尋覓覓，冷冷清清，淒淒慘慘戚戚。乍暖還寒時候，最難將息。

三杯兩盞……——「聲聲慢」

美國女詩人 Emily Dickinson 的詩

Hope Is the Thing with Feathers ——
Hope is the thing with feathers
That perches in the soul,
And sings the tune--without the words,
And never stops at all,
And sweetest in the gale is heard;
And sore must be the storm
That could abash the little bird
That kept so many warm.
I've heard it in the chillest land,
And on the strangest sea;
Yet, never, in extremity,
It asked a crumb of me.

這幾位詩人都是我所欣賞的，她們的詩都具有細膩，敏的洞察力，溫柔婉約！清新富獨創性。
僅以此文祝福王運如詩集的誕生

——————————王美幸

~作者序~

人的一生難免波浪洶湧、驚濤壯闊，能夠安安穩穩度過一生的，真是何其幸運！

我在薇閣度過了十年平順快活的歲月，讓童年與青少年時期都正規成長茁壯。大學之後進入社會也一樣穩如順水推舟。

待中年之後，卻不意突遭命運突襲，家人得了幾乎是不治之症，讓我差點抵擋不住這份打擊。當時全靠新加坡認識的幾位朋友全力扶持，才讓我度過了心情上痛不欲生的難關，至今仍對她們的關愛與耐心念念不已。回台之後，舊時老友都給我最大的鼓舞，尤其美幸，在鼓舞支撐之餘，一再提醒我不論在什麼樣的困境裡，都別放棄自己，別把自我忘記得太乾淨，總要有個努力的目標來撐持即使是碎裂的人生，敏敏也告訴我上網世界大，鼓勵我玩電腦。

不朽與純情

forever young

王運如詩選集

~推薦序~

一九六三年夏天我們兩個纖瘦身材皮膚白晰的女生（王運如個子高一些）在師大藝術系的雕塑教室陳銀輝老師指導下畫素描！聯考結束之後我們也繼續到雕塑教室畫圖，有一天，陳老師一反平日的靜默，輕快地走進雕塑教室，告訴我們：「妳們倆人都通過了聯考的術科考試而且分數都是術科考試者的最高分！兩個人都一樣是九十分！」

從此，我們都成為藝術系的學生，也成了好友無所不談！除了對繪畫藝術的熱誠外、都喜歡唱歌、喜歡詩詞、喜歡一切美好的事物！我們有很多相同的興趣，即使到如今也維持了六十年的友誼！

四十多年前我覺悟到「時不我予」，開始努力尋找自我，多年間一直獲得昔日老師們同學們的支持與鼓舞！王運如當時如果人在台北也是一定來拍手鼓舞我！

同樣的是四十多年來，我們各自都遭遇了人生的浮浮沈沈、悲歡離合，這些苦難傷痛並沒令我們喪志頹廢，直到今天我們的個性仍然是積極與樂觀，仍然保有初衷與夢想！

時而似光年流逝
遙遙無期——「一種距離」

“近畿歲月去勢如梭
悠悠豁豁
終曲的一小節
就以單一音符洒然“——「人間歲月」

…“待青春揮霍殆盡
浪漫餘韻終於走遠
最好　你別氣急　也別傷懷“——「人生風景」

曹雪芹的紅樓夢中的詩詞或對句都引人深思！尤其在年紀老了，記憶體衰退了，存留在腦海裡的是少數的詩，王運如的才情使我聯想到紅樓夢中的林黛玉與史湘雲中秋夜聯句“寒塘渡鶴影，冷月葬詩魂“…

這四十多年來在繪畫藝術及熔合琉璃創作不停的耕耘，我找到我自己的一片天空！而約二十年前王運如也開始用 EMAIL 傳她的詩作給我讀，我也努力與她討論並推敲！這麼多年來她同時在 Face Book 撰寫，經營 Blog，十多年來也累積無數的詩作，才華橫溢創作源源不絕。

繼幾年前的薇閣的自述傳記之後，她現在要出詩集，我是雙手贊成！

我心中一直比較欣賞詩，「字精簡，意義深！」王運如的詩也是經過了人生的歷練，沈澱過濾下來的心聲

一種距離
就這樣拉鋸
時而眼前
時而天際

於是在照顧生病家人不得不放下畫筆的同時，我又一頭栽入了電腦鍵盤所敲打出來的文字世界裡，把心中所有的痛苦、不愉，以及偶有的歡快點滴記錄下來，讓自小以來正向的人生準則仍穩穩地為自我操舵。而一首首不期然的詩作也就在這種困頓的心情中慢慢累積產生。

寫詩的初期，美幸常是我的第一位讀者，我寫了一首就以電郵傳給她，她給我不少建議，也因知交幾十年來的信任與坦誠，才有那麼水一般的自然交融和交集。人生無論際遇如何，只要有一、二知己，不論什麼困境就都不過爾爾，轉瞬即去。雖然我不再拿畫筆了，但仍感謝美術讓我遇上了一生難得的知己。

閑來我也閱讀不少名家的詩作，感謝先輩們都不吝指導，說明若想要寫詩的生命長些，得多嘗試各個方位的題材和格式。於是我也嘗試寫些旅遊之所見，即使在飛行途中，也試著去體會同機人會各懷什麼樣的心緒；也會以調侃的筆調想像台灣每年夏天必來報到的颱風信息；當然，若忽然眼前出現一叢野薑花時，也禁不住回想起童年在宜蘭鄉間田梗上滑倒弄得滿身是泥的窘相。尤其難忘剛到宜蘭一處農莊時所經歷過的許多如煙往事，雖說如煙，但快樂的遺緒至今仍深印心底。

就在此創作熱忱滿載的年月，不知為什麼突然得了膽管癌，檢驗之後，以我身體的狀況，只要一上麻藥，即使未必會死，我的神魂就再難回來。醫生預估，我最多只有兩個月的存活時間。即使人還在醫院，我就一直向院方爭取出院許可。兩個月只有六十天，轉眼即過，我滿心希望能在臨去之前，把我寫的詩結集出版，那裡有我滿天的星光燦爛。

這時李吉賢幫了我不少出版實物的操作之外，還送我一瓶營養品，他自己吃這個藥治好了疾病，堅持也要我試試。已屆高齡的我，對生死並不那麼在意，但若能治好病而與兒女孫輩、至親好友多相處一些時日，那可就是意外的收獲了。於是我吃了營養品，心想：最多再死一次就是。當然這是玩笑話。

詩是最美最精緻的語言書寫，我們本來就是世界上以詩詞著稱的民族。立足台灣，可以放眼世界，所見所思的江山壯闊、人文豐美，無論豁達或幽微，永遠是詩情無以言喻最珍貴的精髓和內涵。

甚至外太空銀河系之外的神秘光彩，也是對我特別有吸引力的題材。身處如此多彩的地球，又復有如此遼闊無垠的太空，億萬光年之外，也一樣任我詩情悠遊、冥想和翱翔。是以不論環境如何困頓不順，以及它們所帶來的壓力，也就在這種開闊幽美的悠遊和冥想之中，就此都顯得雲淡而風輕了。

I. 我心在雲端飄逸

II. 流光下的孤獨

Ⅲ. 芳華與青春

I.

我心
在雲端飄逸

my heart

01　一種距離

即使飛越群山之顛
即使橫渡洋流之淵
即使從肯亞竄至紐約都心
遠不及
消聲無語
梧桐靜寂

一種距離
就這樣拉鋸
時而眼前
時而天際
時而似光年流逝
遙遙無期

隨手將滿天星斗拋洒
獨獨遺漏了一個典雅
邈邈冽冽穹蒼
詩人總頌歌明月
其實最美是爍閃的星光
也或皎潔明晃
也或映照太空渾沌的碰撞
都引發懷想

最參不透的宇宙星航
最能滲入意念心房
冥思一個街廓之外
距離於此
凝固成霜

02　人間五月

是一帶山　是一條河
　橫亙著五月秋波
　　卻總也
　　　跨越不過

一彎新月　一陣風迫
　桐花搖曳嬝嬝娜娜
竟也有人敢敢上講壇
　　試說凝眸

凝眸是你　凝眸是我
一片冰原遼闊蕭索
　任鷹飛鶻落
千年銀狐長嘯吟哦

近幾歲月去勢如梭
悠悠豁豁
終曲的一小節
就以單一音符洒然躍過

03　人生風景

年少時
有憧憬　模模糊糊
有恨事　淡淡如水
而喜怒哀樂
沒一樣願淺嚐則止
沒一樣不全心投入
待青春揮霍殆盡
浪漫餘韻終於走遠
最好　你別氣急　也別傷懷

中年失意
你嘶喊問天嗎
你捶胸頓足嗎
且聽且聽

雲雀的婉轉　夜鶯的傾心
外加龍吟與鳳鳴
引領你　心緒和平

幾度花開花謝
賞遍路上風景
如今不再　昂首闊步
睥睨於人生舞台
秀自己的能　秀自己的才
秀眼角眉梢的風情萬種
秀輕盈或壯碩的美好體態
於是每個街角都成了舞台
每個路人都成了角色
怡然於每一齣劇的
幕落和幕開

04　淡水河上聲波盪漾

布拉姆斯的「船歌」
輕漾琉璃光影般細浪
穿越夕照下點點漁帆歸航
時起時落漫漫迴盪
也或激昂頓挫也或綿遠悠揚
水光交相邀舞
閃現曖曖潾光
不在意青空月明雨驟風狂
音符節律總落落綿長

就讓我心魂神魄暫將寄放
在洸瀲清澈淡水河上
祝願聲聲
在此頓成陶然絕響
譜寫出曦微朗朗
輝映「船歌」抒情往復顛晃
銜接洋海浩渺水域
傳唱敻遠
四野八荒

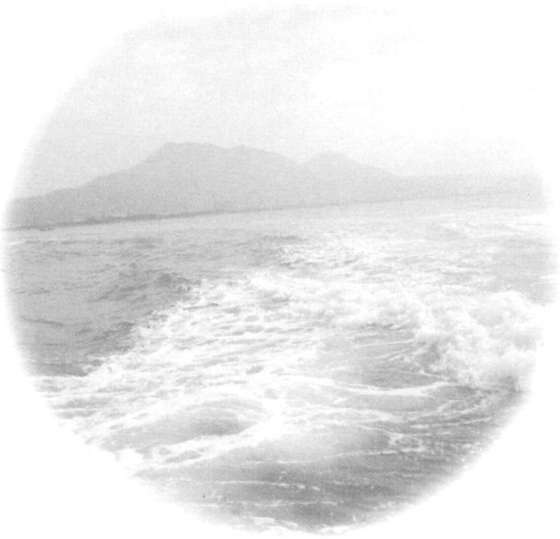

05　迤邐流過的感性與理性

迤邐流過的這段江面
遙遙繫聯著源頭的壯闊遼遠
跌宕進入廣袤平原
直奔海口卻不減氣象萬千

迤邐流過的滄瀾之水
澄澈純美一如嬰兒之眼
而轉折處色相繁複幻變
沖撞的會是哪一角哪一方的崢嶸天塹

迤邐流過的淘淘江面
江水翻湧似飛躍的黑白琴鍵
鏗鏘彈跳的拔高音域裡
大提琴時不時間奏著靜穆與沉潛

迤邐流過亙古不滅的時間
橫向豎直都綿長悠遠
理性的冷峻和超越，感性的深邃和狂巔
一如漣漪輾轉，心緒無限綿延

06　油桐花開

桐花洒遍
小徑悠遠
散逸輕盈香郁點點
一如雲霞
繚繞綿延

飄落的是
極地冰凍的碎琉璃
還是樹顛峰頂
未知覺不經意的
懷想和心曲

一朵朵包裹著的
是幻化是迷思
還是時序的更迭持續
絕不歇斯底里的
片片花雨
猶千頭萬緒奔馳著的
未裁詩句

醉裡尋覓
天空無羈的旋律
重疊又重疊
濃厚且綿密
凝眸低吟
高歌望遠
花情不憩不息

春已去
立夏的五月
才是蕾苞吐蕊的盛季
而我已在企盼
下一個花期

召喚另一次
滿山搖曳的琤琮
和翩然飛墜的花絮
脈脈或潮湧
總是翠微風翕

07　木棉花的時光隧道

如果
時光可以緬懷
像書頁一樣翻過去又折過來
或像電腦上那個白白小小的指標
輕輕一按就逕自讓
曾經跳到現在
眼下回返到童稚情懷
極可能的變數是立時引發一場嚎啕
多瑙河的波瀾都難以承載
有什麼魔法
竟能在這個世紀
瞥見上個世紀的
霞彩

當木棉黃葉落盡
圓圓的小骨朵就站上枝條
鼓鼓漲漲
一點點一粒粒一排排
軍樂隊般驟然吹起號角
從時光隧道的那一端
前仆後繼蜂擁著
潑洒橙紅濃郁似風颱
延滾的浪濤是上個世紀的餘沫
還是不可知未可測
渺渺的
未來

時光隧道裡
其實沒什麼名曰未來
流星雨既短且快
意念卻可能恆久不衰
亟待綻裂的小骨朵
一點點一粒粒一排排
究竟是倒著走
還是順著來
是世紀相疊交錯的渾沌
還是少許忘我的澹然和自在
也或就是對時光挪移的
另一種
緬懷

08　逸向何方

逸向何方　隱於何地
　渺渺雲漢
也總有一處憩息
　一絲靈光
一股質氣

層雲裡穿梭跋涉
花葉間奔騰　反覆來去
腦海每條神經通路
電波流竄透析
　亦未見
谿徑巧遇

夜來
偶或雨聲淅瀝
星光依然遍洒天梯
綿延迤邐
仰首遠眺
竟無處
尋覓

09　靈感它來還是不來

靈感總不來敲我腦袋
攔截不住的腦波
就跳著蹦著去翻山越海
尋覓天地間那份不老傳說
亟亟於瞻仰膜拜
其神秘　其風采

古往今來
從羅密歐到三劍客
紅樓夢斷到八仙過海
希臘和馬其頓的征途尚未止歇
漢武帝成吉思汗的寶馬功勳依然瀰蓋
自星光月光交輝映的夜空
到阿波羅燦燦奔騰的金車　和神駒

思之恒久
卻感動不再
你說　它究竟來了
還是沒來

掌兵符的權柄與璽印誰屬
千載迷思
快樂遐想
人生無奈
就任由意念夢語
你我他的
零亂擺　瞎胡猜

註：英國威廉．莎士比亞名著之一羅密歐與茱麗葉，講述男女相戀的悲劇故事。

註：三劍客，1844 年法國作家大仲馬作品，講述年輕貴族達太安想加入第一火槍隊，期間涉入政治陰謀的故事。

待會兒我要去來來
別急著 google 費神搜索
而今它只在記憶與虛擬裡存在
若是我邀約
你來　還是不來
在雲朵為靠墊的閑適裡
喝一杯熱氣蒸騰的星巴克
讓古往今來　剎時全和在一塊
笑看洋流洲域間揚起煙塵滾滾
坐賞人們愛把「自我」的定位
哪裡放　怎安排

註：來來是古早時期位於西門町的百貨公司。

10　潾光

飄渺船歌來自
哪個方位
流放誰人在燦亮音波裡
似醒似醉
方才潾光一閃
是眼簾不自覺掀動了內裡深邃
還是當沉魚躍起
那一抹欲納未吐的
倏然驚喟

11　黑夜向我洶湧而來

當塵囂的紛擾暫且息鼓偃兵
當黑夜向我洶湧而來
萬籟瀰漫亙古的寂靜
當翱翔的飛鷹還巢安寢
當我心沉入海溝深處不掀波瀾
普世呈現郁郁美好
此時最適宜默然祈禱
向神祇、向自我、向蒼冥
點一支熠熠之燭
許下個千年之願
不在意世界怎麼改怎麼變
澎湃心潮也憩息於黑夜的無聲與無影

黝黑氛圍神秘環繞
竟至感受光陰自身邊悄然快速奔跑
儘管阿波羅強勁俊朗也奪不去月神的典雅秀逸
史蹟斑斕的遠古爭戰在思緒中隱隱遊移
古羅馬驃悍的千軍萬馬而今都奔馳到了哪裡？
法老王遺下的巨碩雕像和擎天圓柱任人膜拜流連不息
碧波盪漾中沉潛的亞特蘭提斯正好夢方酣
喚醒它是欲彰顯一份仁心美意
也可能促使它錐心末日粉碎之傾圮
千年之願能否承載永恆摸不著的邊際？
而一支熠熠之燭搖曳的光暈
卻不費吹灰之力就觸及暗夜最深邃的蘊底

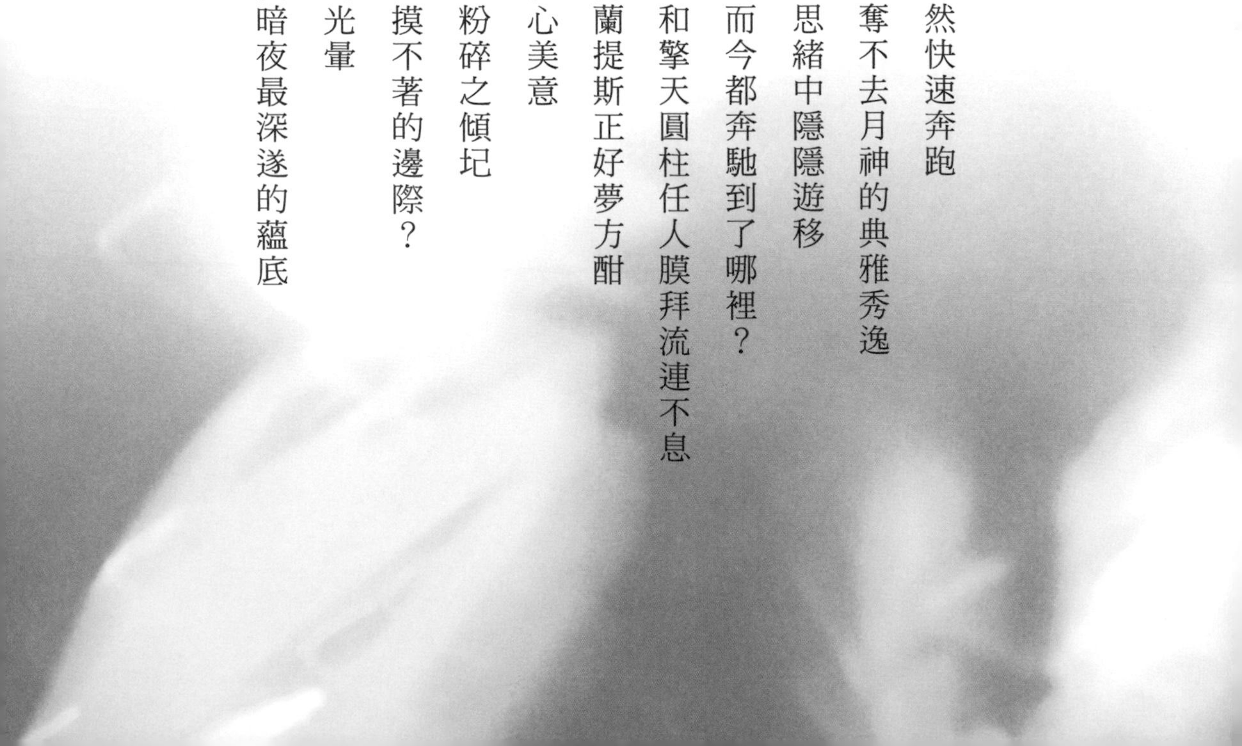

12　船歌悠悠

行過千千萬萬里
人間仙界和鬼域
把青翠都踩踏得荒瘠
澄澈流水踢濺成石塊與淖泥
只為上天入地
尋覓悠悠
也緊被
悠悠尋覓

似有絲竹之聲隱隱牽曳
江南的船歌
大漠的豪氣
都傳唱到了后里與濁水溪
瀰蓋玉山峰頂
載浮載沉著渾渾噩噩
恍惚了好幾個
世紀

爍爍似星星言語
可曾榮顯過生命的錯綜痕跡
精魄化身交加雷雨
淹沒所有花田綠野和街衢
懸浮的意念
飄遊於鳳凰花開的漫漶
還是在船歌
來回往復的
聲波裡

童稚的無忌
青少年時的俊逸
後中年的內斂沉穩外加孤寂
成就每一個階段的魅惑和謎題
究竟你在為哪一段的人生而凝立
又為哪一個方位的氣質
竟至無語

搖過秋波春水的船歌
這回聽得闐闐明晰
流淌的畛域
既非關玉山頂
亦無涉濁水溪
而悠悠傳唱聲中
豁然
也只有一個
齊豫

13　「迷」的三種境界

我迷信人生一種高度
即使海嘯奔騰
也不汲汲隨波起舞

我迷惑流轉的一抹眼波
微微眨動瞬間
就主宰了天清和日暮

我迷醉詩情的一份醇美
上下千年波瀾薈萃
晶瑩剔透卻難逃似是又似非

14　冥想。習以為常

習以為常了吧？
日昏月明星河清朗
二十四小時總抽出一小段
冥想九月的天空如何秋高氣爽
十二月又如何的豐收冬藏
三月春來發幾枝的時刻
風會出其不意來自哪個方向？

或者換一個仰望的視角
雲朵像一襲襲白色的衣裳
袍袖寬闊飄飄晃晃
有時溫煦有時如奔雷又閃著電光
瞬息變幻似揮舞著魔棒
會否施施然地
就挪移到我佇立的地方？

或者登上山巔極目眺望
遠洋的船舶艦艇正待拔錨帆揚
我就隨著一道去遊浪
天之涯海之角，四面八方
不論地獄還是天堂
忘卻老水手的每一道諍言
更遑論什麼是歸航

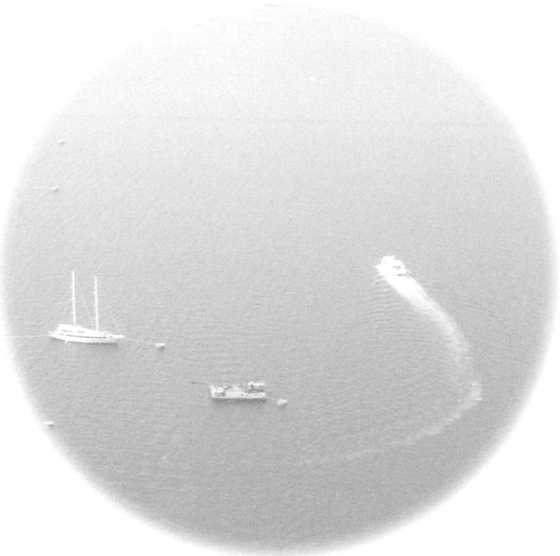

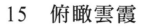

15　俯瞰雲霞

當我願意將那無明
比作心中塊壘而毅然放下
似乎也同時棄捨了生命中
所有曾經的外在神采與光華
微笑回首的剎那
身心靈竟此不再有絲毫牽掛
飛越到青鳥所在的他方
無塵無慮的邈邈天涯

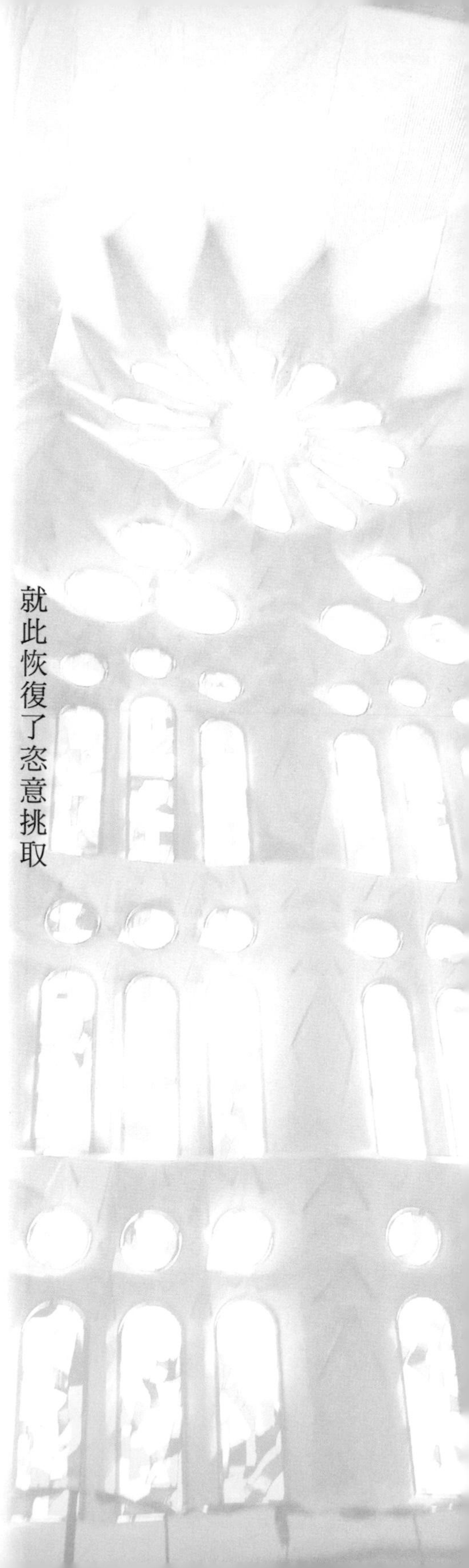

就此恢復了恣意挑取
自由航道的無忌與瀟洒
猶似大鵬鳥巨翼之開闔搧划
俯瞰地面重彩或輕染的風景
多姿多變更勝圖畫
曾經的愛戀與懷想
頓成夜雨迷離的恆久神話
就此聚合流放為沛然雲霞

16　孤獨與期待

孤獨像一把利刃
劃開所有外在的包覆
看清內裡的血脈如何散佈
哪裡是重重高山險阻
又哪裡是清流自在常駐

當山谷所有燈火漸次熄滅
當眾人都酣然進入睏倦
全力奮戰的甘甜與艱苦
惟有在孤獨中
它的真義才能銘心體悟

期待是一頭振翅的巨鷹
一條撥浪悠游的大鯨
夾岸水草豐潤小溪的流淌
最後都匯向大海容積的無垠
和氣慨的磅礡千鈞

孤獨是人生必經
萬言千金都未能等量相近
而期待是一種品質
　可重可輕
　　惟孤獨中的期待最顫動心脈最真情

17　其實，非關四季

從雲端可能探得信息
自浪尖可形塑得了色調質體
不盡春花姣好，春陽無限溫熙
夏至炎陽炙烤下，不減處處蓊鬱
秋來楓紅舖天蓋地
隆冬霜雪堆疊，朔風摧疾

其實，非關四季
一絲絲一縷縷既淡然又凝滯思緒
長灘漫步靜寂
滿天星斗爍閃，映照人世物換星移
或許就在浪花翻颺間隙
重又找到差點遺忘了的自己

18　快樂的幻影

凝思於意象聆聽
感受詩情的曠遠和幽冥
似在景致之外
又似於迷霧之中
如果愁緒可以醇化成音頻
幻影是否就此驟化
快樂與輕盈

欲曙天繁星退隱
餘暉譜就一首首傳唱不朽的頌歌
獨步迴走，弦弦交錯
浸淋孤然寂寥時刻
悠悠古剎，淨默

自成曲成調
漾漾千古
幾度風雨揚波

人生一路多少無奈牽拖
全拋上五線譜的橫線和空格
任其隨風勁舞，自然飄落
理性的沉澱，感性的嗟哦
跌宕翻飛一如風荷
即使攔山截海
竟無關滄瀾壯闊

19　只緣我生肖屬鷹

上千個日子
僅以肉足仆貼地面蹣跚而行
佐以輪軸軌道的極速和船塢汽笛的嘯鳴
未嘗振翅，不曾高飛
而我生肖屬鷹

低谷高空翺翔回憶的基因
喚醒沉潛性靈，又再次衝上青雲
以自我獵獵翅羽或金屬銀翼
復以凌霄的俯瞰視角
恣意瀏覽地表的原色和原形

我利爪穿刺的皆充血顫動生猛
非人工餵飼珠圓玉潤的滿腹書經
天空平野各具不同聲韻
在搧翅騰昇的時刻
旁及的會是什麼樣的脈波和音頻

安第斯山脈曠野擂鼓頻催吸引
款款樂章孕育自多瑙河波紋輕輕
迴腸盪氣最是大漠絲路的黃沙駝鈴
高飛宇空之顛，幾近無以迴向的命定
只緣我生肖屬鷹

20 印象

～記聆聽古典音樂講座印象～

當琴弦輕挑
閃閃銅樂器聲浪齊力揚起
定音鼓一槌驟落
男高音帕瓦洛第只悠悠開口
就唱出阿伊達的
或悲或喜

薩爾斯堡之外的奧地利
古宮廷多的是人
與莫札特競比才藝
驛馬車載動的
不僅他早顯的驚世才華
更有他舟車勞頓的疲憊和
稚嫩孩子氣

李斯特將狂放不忌揮洒彈奏於指尖
熱情素樸民歌似的匈牙利
就此為之風靡
據悉他們遠祖竟來自中華大地
韓德爾神劇中彌賽亞合唱韻律向天
還是不折不扣行板得意於人間
兼顧人際關係和得利

華格納不群傲氣
執意在鳥不生蛋的郊區
建立起另一種風格節慶氣息
只接納專誠朝覲繆斯信眾
也為演奏者定下心無旁騖嚴謹習練規矩
英格蘭私人莊園音樂會小巧溫馨
不著眼華麗懾人場景
卻更精緻地闡釋了
歌喉的表情達意

不論狂想曲或輕歌劇
總在人間川流迤邐沒有種族間隙
你我他世代樂迷
聆賞宛若天籟
抑揚頓挫旋律
氣勢磅礴或柔情細膩
盡展心魂深處之美之善
意趣生生不息
充溢穹宇

21　老漁人與馬林魚

大魚馬林
你贏得我這老漁人的尊敬
儘管我逮捕我追殺
全是出於漁人的宿命
其實這場拼搏之中
我不在意是你殺了我還是我殺了你
你我並非天敵
從頭到尾這就只是一場角力
至少在我
爭的是一口氣
一種自以為的榮譽

大魚，你的優雅和沉穩
你兩側鰭翼開擴的搧划，壯麗尾鰭的甩擺
還有似綁著無數紫色條紋的銀灰身軀
都有如天地之間的奇蹟
我從沒見過
「比你更了不起，或更漂亮，或更平靜，或更高貴的東西」
你遠長於我這小船
巨碩身形，沉著泅泳
絕不臨危亂掙亂跳急於奔命
氣度上遠遠勝過
背鰭高挺如刀
又威武如艦艇的灰鯖鯊
更別提那些撿垃圾似的
他種鯊類群魚

註：1952年美國作家海明威最後、最重要的一部作品—老人與海。

剛發現勾釣到你的瞬間
我興奮得無以為名
但三天三夜日出日落的不曾歇手
累得我神智昏迷
睜著眼假寐偷半晌的休息
禁不住喃喃自語外加夢囈
又自責又神氣
抱歉讓你如此遠游如此力盡神疲
然而我不得不承認
你的卓然自負
未必就是我手下的敗將
如果依據天地間
另一種更深邃的意義

望著夜空裡的星斗
就算閉上眼睛
星斗也不會掉落海底
縱使海面上無處不閃爍著它們的點點倒影
但與你相比
至少我不必急遽追覓
而你我之間的拼搏，大魚
才是我身為漁人的命定
我真的乏了睏了
麻痺的左手不聽從我的指令
背疼肩痛都不過忍忍就過的必經
手破血流也只有咬緊牙根暫時漠不關心
我知道你吞進我那魚勾之後的處境
與此時的我
多少有些相近

你穩穩前行
向北向東，遠遠拋下初上勾時南邊的魚場
沒日沒夜不曾稍停
你已餓了嗎？
從繃扯在我肩背上繩索的鬆緊
從我手觸海流的速度
我了解你當下身體的情形
顯然你漸漸疲累
可未曾絲毫放棄
無休無止力爭生存與自由的願景
我也疲了累了
但決不放棄與你一前一後
橫亙或直溯
這趟海上的航行

我一心追捕你的同時
卻也羨慕尊重你的卓越與強勁
忍不住稱讚和憐惜一再發自內心
我們之間似有一線冥想之中的感應
限於漁人的宿命
獵殺雖是生涯的必須
仍情不自禁向你這樣的對手
獻上我誠摯的尊敬
仰望夜空閃爍的星星
慶幸它們都高掛遙遙的天際
至少毋須我汲汲於
去獵捕去追尋

註：1952 年美國作家海明威最後、最重要的一部作品—老人與海。

22　西門町今昔

西門町風騷獨具
在歲月之流的篩檢下
流不去也忘不了的
都在這裡
即使物換星移

紅樓追星雖已不再
老天祿的滷鴨翅依舊熱賣
只是來來百貨已難拾
往日光彩

店面櫛次鱗比
璀璨著光怪陸離
閣樓上鬆動的窗櫺與破裂的玻璃
住不住人都沒人在意
一方方一塊塊霉過補過粉的樓宇
似透露著遲暮氣息
踩踏在車輛禁入的區域
哈日哈美哈韓都儘管沉迷
滿眼的青春男女
流行與不流行
都是它流行的主題

中華商場如今何處尋？
還有陸橋上風光的擁擠
街口那家鵝肉扁老店的開張日期
幾可追溯至
盤古的開天闢地

夜巴黎的冷飲依然座無虛席
神不知鬼不覺地又安插進許多義大利
麥當勞與肯德基亮麗的卡座裡
為什麼呆坐著如許的鶴髮與雞皮？

歌廳駐唱的群星都流落到了哪裡？
新起的歌喉逕擠入危樓的 KTV
星光月光與燈光都照不到的暗角
瑟縮著誰人丟下的詭異與歎息？

樂聲大戲院蓋了拆了又蓋了
光環卻無以焦聚
人生四十一枝花的意境不分男女
是它是你是我渙散的歲月
似散落一地的碎琉璃
獨語於西門
踟躕於今昔

西門町是否會有下一個全盛期
又將上演什麼樣的戲？
且看捷運站口冒出的青春人潮
啤酒泡沫般一批接著一批
循著歷史的軌跡
只有他們知道
什麼才最值得跟風
什麼最值得留取

23　似水又似雲

酣沉的夜氣
滄溟裡的游魚
都靜止得沒有丁點聲息
隱隱的轟隆來自遠方何地
會是風雨雷鳴的前奏
還是來自一個魂魄
囚禁於
深海或地底

微風乍起
月影西移
晨曦將現

夢土遠逸
晝與夜的自然循環
一如理性感性的
追逐
更遞

星群串聯起
無以數計的前世今生
猶斑斕珠玉
緋霞虹彩譜寫的
時光金曲
音符琤琮流迻
偏洒
寰宇天際

古早徐志摩的那片雲
即使不著一絲漣漪
也汲汲於趕忙湊趣
不同世紀的點點靈犀
也或縈縈尋覓
也或擦肩回睇
星球的相互撞擊
殞石落屑恆如飛絮

前世的因已不復記憶
跨越奈何橋的彼端
可會留下什麼痕跡
天外天來生相遇
不過一灣澄澈的
水波不興
悠悠一片浮雲
飄飄而去

24　化作滄海千重浪

當最後的時刻來臨
肉身的拘束終於解禁
每個靈魂　都樂得選擇任一種無形
在天與地之間　飄搖得恣意恣情
我一心化作海浪
和海鷗競唱　和海豚捉迷藏

儘管身心都不再有實質的重量
人世的前塵往事
還隨著我
飄搖盪漾
離岸還太近了嘛？
時間會讓海浪越過重洋
越過記憶之窗

在那之前　時間的資歷還淺
有的不只是懷念　而是深深的眷戀
經過岸邊的時候
我會像人魚　輕拍長長堤防
讓它發出啪啪聲響
你低頭或遠望　會否認出我昔日模樣
啊　當然只是回想
因已化入蒼茫　只是一波接一波的海浪

翻滾著跳躍著或平躺著
悠游到愛德華太子島
細賞一艘艘貨輪　忙碌的卸貨和載裝
久別偶遇的哥倆好
正聊得恍如隔世
完全不顧氣溫
只在零下十六度的攝氏
晃過挪威的峽灣
又繞道南非的好望角
一絲漣漪都不見的印度洋浪靜波平
竟然真的猶如一片明鏡

遠渡北冰洋又折返的時光
心情已跨越時間的線框
而水手無羈的歌聲
仍像從前那樣
所有的離岸都象徵遠颺
所有的海港都是家鄉
下一個港灣頻頻招手的
是浪漫是誘惑　是琴聲是酒氣
還是黃澄澄的金幣和世界珍稀

只停留那麼一個小小空檔
就要繼續去游蕩
這就是為什麼我欣賞化作海浪

即使匯聚了所有的智慧和美好
還是嚮往跑去渺渺的遠方
或許在海浪奔騰的瞬間
忽一個翻飛正好回望
那時就又把你　放在我心中央
而再下一個迴轉
請原諒　擁抱的就未必是你的方向

偶或
思潮攪和著浪花千重
激起水霧般的迷濛
但是海浪與人間沒有通譯
我們的言語已是
不同的頻率

最後　海浪也就泡沫般蒸騰
化作浪尖　飄渺的氣息

霎時
天與地之間　海與陸之間
從沒見過　從沒聽過　也從沒思念過
不是忘記
而是不復再有記憶

海上的天空　海底的沉域
都不著痕跡
地球也不過蒼茫中一個小點而已
曾經的夢幻　曾經的期許
就此溶入萬古的幽冥
永恆的
沉寂

25　不老情懷

當我即將
遠遊離開
齊齊揮手的
是連綿縱貫的群山
頻頻點頭送別的
是花蓮外海潮湧的浪尖
化成音符向我湧來
太平洋更波光瀲灩著
笑靨以待

一旦飛越洛磯山脈
青翠就暫時停擺
大峽谷的荒漠遼闊
將億萬年時光
深埋於它突兀的奇峯與危崖
搧翅的鷲鷹
在此差點和我撞個滿懷
紅河谷的歌喉
記憶猶在
科羅拉多的河床
是否仍洒滿舊時的月光
流淌著不老的
青春情懷

拉斯維加斯城開不夜
所為何來
賭一把骰抽一張牌
暴富破敗瞬間翻盤
人生海海

璀璨舞台的聚光燈外
盤旋的鷲鷹嘯鳴著不耐
你固然有你獨醒的超越
我也有我冥想的自在
歲月輝映下的碰撞
擦亮不老傳說謎題般的幻彩
時光穿越無滯無礙
歸程就一併
裝進口袋
所有的感動
外加感慨

26　一身碎琉璃

即使龍軀鳳體
瓊漿玉液般奢靡
或是披星戴月一如苦役
超過一甲子的修煉
都成就了一身易碎的琉璃
只得薰風輕拂
抵不了一絲重力
稍一碰觸
霎時間　碎琉璃癱滿地

醫護的X光照射透析
龜甲護背撐持著平地再起
外加一支拐杖
早早呈現斯芬克斯的謎底
不復手舞足蹈的　自在逍遙
遠離顧盼生姿的　隨心所欲
倏回眸　那眼神
卻還不似這年紀

近日跌倒，脊椎骨折，感慨良深。因作此自嘲，一笑！

27　山與海的邂逅

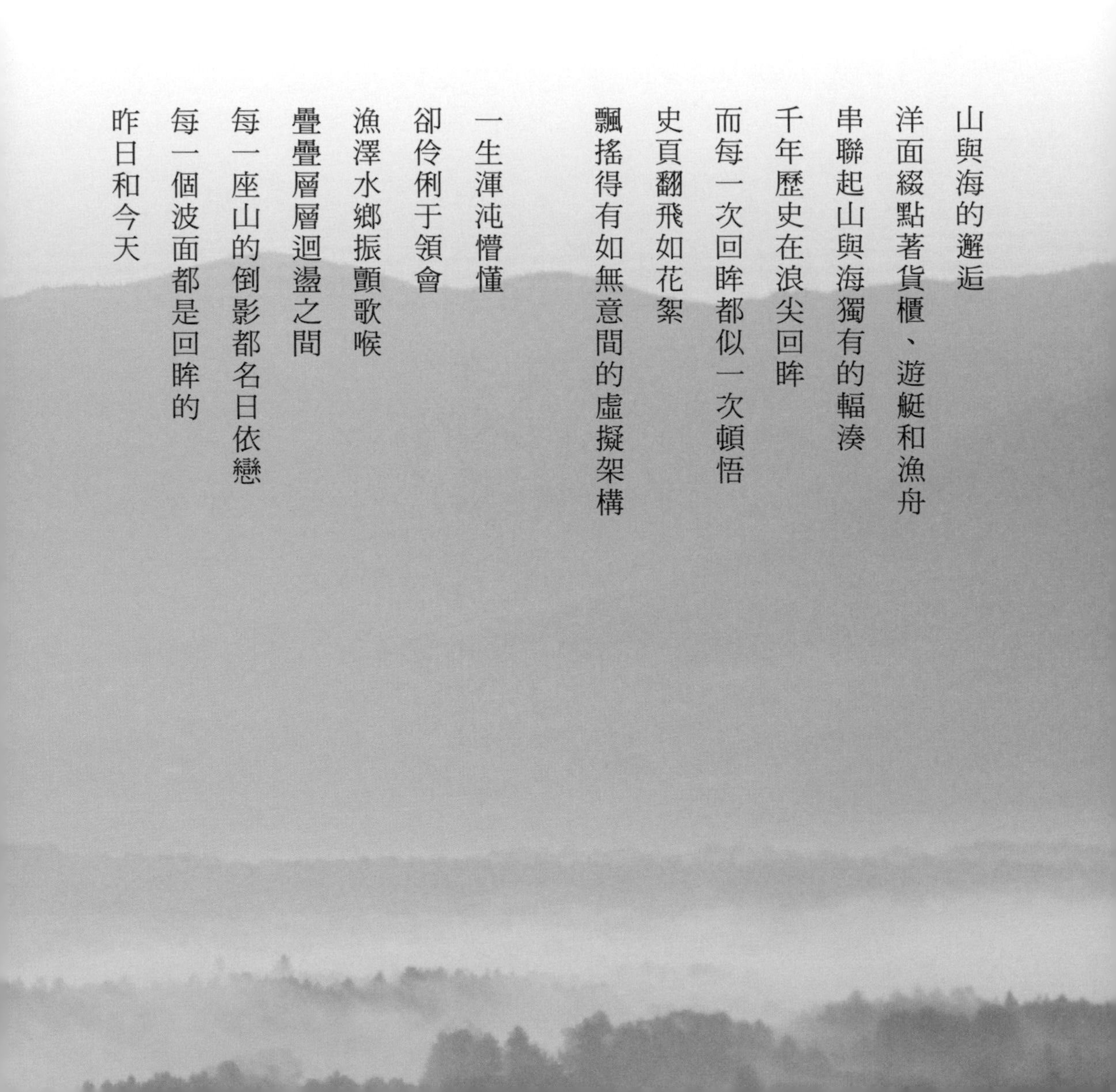

山與海的邂逅
洋面綴點著貨櫃、遊艇和漁舟
串聯起山與海獨有的輻湊
千年歷史在浪尖回眸
而每一次回眸都似一次頓悟
史頁翻飛如花絮
飄搖得有如無意間的虛擬架構

一生渾沌懵懂
卻伶俐于領會
漁澤水鄉振顫歌喉
疊疊層層迴盪之間
每一座山的倒影都名日依戀
每一個波面都是回眸的
昨日和今天

向晚雲霞色調穠豔
夜來璀璨燈火更為之魅惑憑添
即使俯瞰情懷如舊
不盡回眸，浪湧千重山崚縱走
終將逸散如煙嵐
水淨無聲，山高月遠
歲月似神偷

II.

流光下的孤獨

lonely night

28　擎一注青澀年華

擎一縷夏日蟬鳴
劃開群蛙聒噪的園庭
層層疊疊翠綠華蓋
　香遠益清
卻不見搖曳荷影
你倦極累極了？
四竄的癌細胞逼得你
　神疲力盡
終於黯然闔上
炯炯雙睛

擎一注青澀年華
但見純淨無瑕
超越半個世紀的剔透晶瑩
一整溜長城的迤邐
非筵立的市鎮堪可比擬
山海間波濤萬頃
沉澱升騰
醇化成洋流裡
一片冰清

擎一束漫漫光年
穿梭銀河之外的塵緣
魂魄將歸何處？
時或若鷹之飛高望遠
自在翩躚
時或逸然洒然
徜徉於
荷之蕊　山之巔
水行如歌
風自和弦

06／06／2014 —— 寫給癌逝友人遠行之祝願 ——

29　靜音當下

乍現
從時光流轉之蕊
驟逝
自盛放曼陀蘿花影之魅
雲端網路傳遞的
最是明眸皓齒之醉
坍雪千年埋下的
竟又成落成堆

手中一把夢幻吉他
彈奏夜曲讓心緒升華
靜音的當下
才是宣示的直說直話
然而都不過瞬息
人間天涯
每一個生靈短暫的
精粹揮洒

30 星星言語

青澀與青春
不再喧鬧淘氣
時光十年一把十年一把
醇化醞釀過程中
有精致有頹敝
有歡笑有淚滴
時或似浪花蹦濺遊曳
時或如稻穗的
精粹軌跡

星空下孤然凝立
釋放的訊息不須音波傳遞
曾經的靜默蘊含的
是堅強質氣
而今的無語
卻道盡世途曾經的艱辛步履
蒼茫中華髮竟早早與
星光輝映交替

我欲乘風歸去
向夜空所從來的星宿海域
觀照那無語
拂熨那凝立
將星輝盡情浸浴
期讓人間盡顯歡愉
儘管難免不被譏為
童騃主義

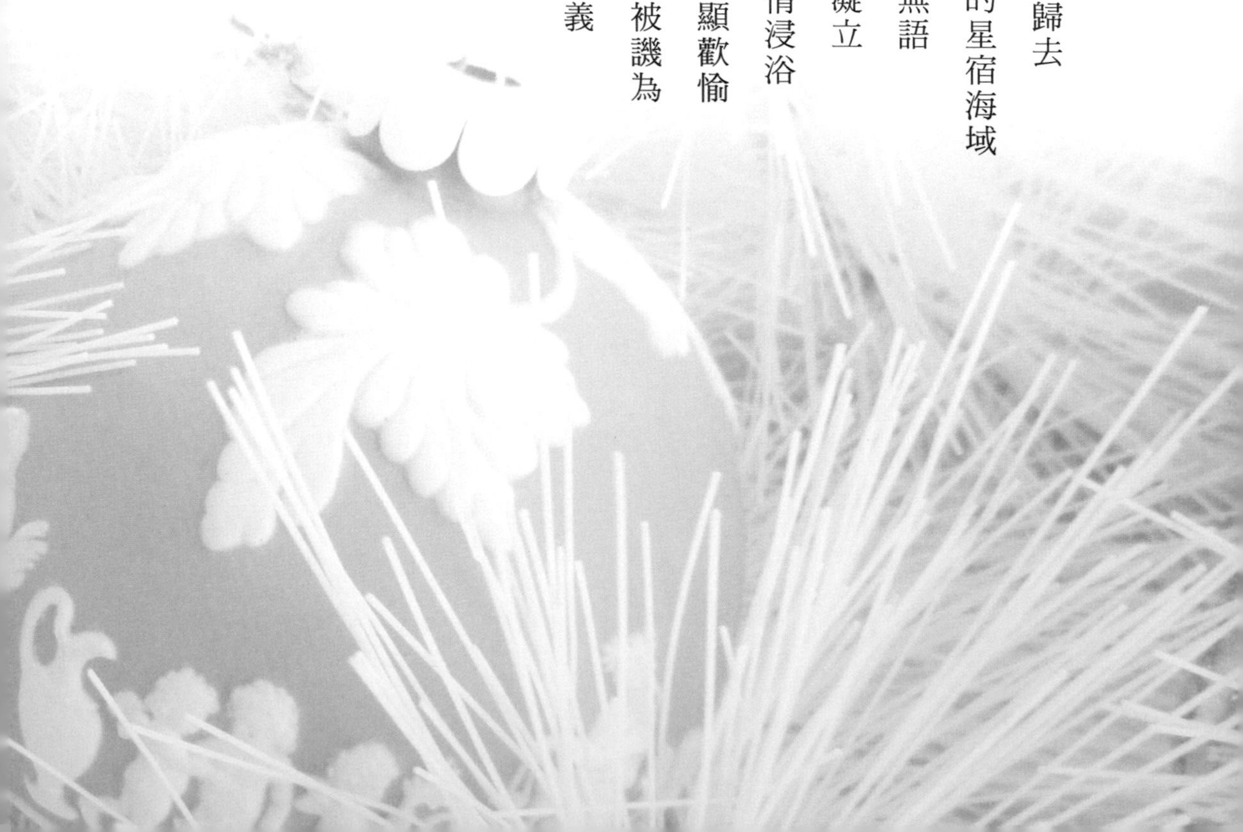

人生雖無以迴向
時時情義相惜
生命的航程中
雖起伏顛簸難行
不減處處有情天地
渺渺千萬里星光點點
既無聲亦無語
爍爍祝福的心情
總是惟一

註：童騃—指年幼無知的意思。

31 走過

以往我原諒
是意識裡自我的超越
高高在上

而今也原諒
卻是垂眉低目的
理解與安祥

人非聖賢
體諒別人也自我釋放
好有一比
雪霽倒騎驢
且走且忘

32 化了妝的鄉愁

只一碗蚵仔麵線
就挑醒所有潛藏味蕾
只不過行經永和豆漿
所有吃食就都成了山珍海味
遠勝過老爺酒店
滿山滿谷西式包肥

半個世紀前課堂上的師長
豐厚青絲經以瑩瑩白髮換了新妝
沅陵街窄窄衖巷
東挑西撿翻找得匆忙
卻只將近鄉那份情怯
掩飾得更加欲蓋彌彰

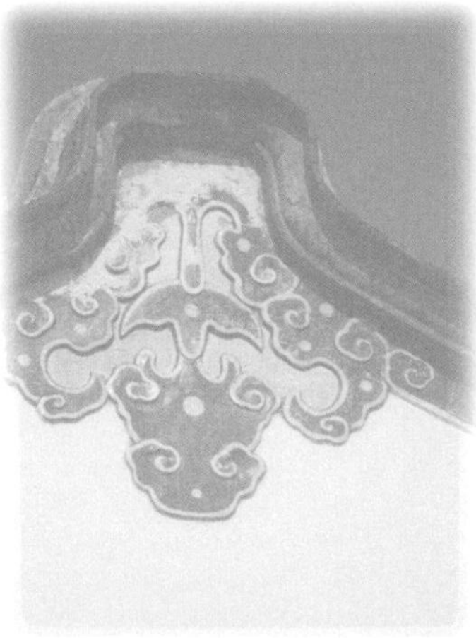

每一個心情都蘊含著過往
每一個回眸裡故里的風與塵都未曾遠颺
當年義無反顧飛越太平洋
只為執意要翻越一道禁忌高牆
追逐一個更美願景
實現心中自我壯志和夢想

故土就此被丟在雲霄與心情之外
差一點全盤遺忘
而這次乘的是什麼風的翅膀
竟把自己吹颳回這個常綠島上
五十年不曾踏足這塊土地
午夜夢迴卻總無預警地令自己心魂悵惘

點點鄉愁濃鬱得凝成塊壘
至今整個化開釋放
只緣踏足在印象猶深的大街小巷
只因老友慇勤的你來我往
童年時光從深埋記憶中驟然閃亮發光
人生似乎瞬間又有了心靈依傍

時光荏苒下他鄉已成了第二故鄉
一樣牽絆著絲絲縷縷懷想
再次乘風飛去時刻
說不出心情該偏向哪一邊哪一方
都是似劍歸心也都是依依離情
鄉愁竟此也成對成雙

註：包肥－ buffet 老友自海外歸來，陪她在台北穿街走巷開懷的笑靨中，
體會到她深藏不願明示的心情體諒地為她寫下，雖然明知她會說不是這樣，不是這樣。

33　什麼最吸引

一首傳唱不輟的
顫顫老歌
一朵待放的
含苞花朵
或是佈滿夜空的星宿
述說著牛郎織女
描繪著古希臘神祇
天上地上
所掌理的方舵

幽微光芒
經年閃爍
海濤潮汐也隨之
乍起乍落
秋去春來
念念或忘我
總把故事隱了一半不說
想來最是
吸引魂魄

34　一回頭，竟丟掉半個世紀

~記老友重聚~

乍見時似河山異位
不再合乎黃金定律
都增了體積
一個身軀
擴張成雙倍的知己

沒有淚水潰堤
涉過往日平整而今崎嶇的眼框外域
看進眼底
澄澈依舊　湖光山色
還在那裡　還在那裡
儘管地球上的春秋
已走過半個世紀

我的兒子我的妻　我的先生我的女
竟是另一類新鮮話題
曾經的籃球健將
兒子卻質疑球技
在老友和老照片的印證下
就此光復了往日的
風華和榮譽

曾為解出一道超難的運算題
課堂上忘形的一聲吶喊
換來連續四個小時毛栗子的修理
而如今說起
還是一種得意

李國清為打蛇抓蛇的經過急急分辯
沒有沒有　我絕對沒打過你
只記得拉起鄰座那個女生粉嫩的小手
童言童語
或許真是出於好奇
也或許
只差沒說出「我喜歡妳」

蒙古寶印的歌聲依然應和著
呼倫貝爾高原的曠達
天順的平和
像是他花園綠地裡栽培的
都是他自己

琴總殷勤地為每個茶杯頻頻斟滿
落地窗外　觀音山披戴著一抹　夕陽雲靄
頷首微笑一如往昔

我來自遠方　你將去何地　他或許還在猶豫
只是一個地球
已讓彼此的童年分崩離析
當然不會常聚在一起
但是別　千萬別再一出手
又丟掉半個世紀

35　衡陽路 11 號古厝

古韻斑駁的衡陽路上
綿延著櫛次鱗比
上百年的老街坊
層層疊疊原色木梯木地和木板床
承載歲月堅韌的力量
既不粉飾亦不張狂
對面的田園咖啡
黑膠唱片迴轉於三十三轉唱盤
播放著悠揚古典樂的交響

頂樓天井小小一方
洒漏下縷縷溫煦陽光
聚光燈似的投注在
阿嬤親手烹煮的白切肉上給我品嚐
回味的不僅僅
沾上祖傳醬油膏的醇香
細密咀嚼的
還有那早已流逝的
久遠時光

36　漫談時光

以荷葉盛裝北冰洋，淬煉的火場
以荷梗搖曳著，赤道邊濃艷的夏日驕陽
而荷花飄搖在愛琴海日落萬頃的波濤上
　彷彿述說著漫漫離家的
　　曾經時光

年輕學子逼窄的宿舍，總寄放著鵬程萬里的心願等待啟航
街角老人院的窗口，卻塞不下車載斗量的記憶拼裝
忽忽悠悠的鄉間路上，奔馳的車速著實令人驚慌顫抖
　似乎這速度會提早用盡剩餘磁場
同樣的路程，慢速走來時間會顯得較長？
理智儘管昏花，也了然無論如何，不至有什麼兩樣

青澀歲月，懷抱鬥志昂揚
離家五百里不過是個徵象
其實飄洋過海，五百里僅及它的幾分之幾？
而夢想總在遠遠的他鄉才會精采才會發亮
心在奔騰之中才得以舒暢得以釋放

而今也在路上，同一把吉他，彈奏出的卻是另一種聲響
往日甩甩頭就不再的思念，竟藤蔓般纏繞心房
曾經的歌聲，曾經的月光
遙不可及的夢想，遠行的冀望
就任那依戀的月光暗淡
任一種難以定名的細苗就此埋葬

註：離家五百浬—Five Hundred Miles 民謠，作曲據稱是 Hady West。

如今每遇燦爛冬陽，總念及那曾經的月光
一路來的飆速，究竟把自己帶到了什麼樣的魑魅魍魎？
四下景物莽莽蒼蒼，不仍似年少時模樣？
竟是繞著子午線奔忙一場，最後又回到原來的地方
那般盲忙的旅程，可留下什麼回響？
或許只是茫茫再加上茫茫？
猶光影之漫漶
悠悠時光

有誰真的把口袋裝滿？又有誰真的把口哨吹得漂亮？
離家五百里的歌詞，這時竟反了個方向
曾經千萬里無頭蒼蠅般的跋涉

最後還是回到離開時的原鄉
不管城鎮進化得如何有模有樣
這田野仍盪漾著形影依稀翠綠的稻浪

繫住懷想
淡水河口的夕陽最美，幻化成明晃晃的銀月
也不過是剎那間的即將
何處歌喉嘹亮飛揚？雲霞間驀然乍現，竟宛似古羅馬的榮光
任時光流逝，宿願未必樣樣得償
隔山隔海隔著重洋
間奏不輟的
仍是那漫不經心流淌著的
永恆時光

37　尋覓不見

寧夏路深巷大宅中的一方小池塘
不干莊周的粉蝶　數載春秋　一直飛繞得很忙
偶爾傳來隱約的鐘響
來自那座古老的鐘塔
正好斜對著巷口的鐵工場

大門外的幾株迎風檳榔
映著二樓梯間的長窗
從窗邊下望
總見到那個漂亮的半大男孩來來又往往
依稀記得
人們喊他什麼華或什麼強

巷口的三輪車總是匆匆地直奔第一劇場
回來時又順順當當拐進圓環的小吃攤
　少不了蚵仔麵線肉丸當歸湯
只是如今再怎麼也找不到那方小小池塘
再怎麼也嗅不出哪裡是原先的鐵工廠
那個漂亮的半大男孩爾今長得怎麼樣？
　　鐘聲不再悠揚
因為找不到那斑駁老舊的鐘塔古牆

　　　　或許
　該再繞回圓環一趟
　細數以前的老攤販
　現在還剩下幾檔？

38 頑童

憑欄遠眺
在山海之外
在雲霞煙嵐之外
在太空銀河星系之外
一抹薰風笑意
或一片蝶影

在玄天初成之前
隱匿在枝葉隙縫洒下的光影之間
迴旋在花草香氣的間距裡面
湧自一對搧動的蝶翅
或脈脈之眼
細微不欲彰顯
卻不意
被我撞見

39　見與不見。念或不念

見與不見
都是生命中的曾經與眷戀
念或不念
如風恍然忽後又忽前
走過雲霄海湄山顛
涉過草莽荒漠冰原
搗鑄一爐的柔腸烈焰
融聚激越、理性與狂狷
你同情你慨歎你難眠
俱無損它的開始和終點

千門萬戶婆娑世間
只須指尖輕靈敲扣
較鄰近的更親近
比天涯的更遙遠

在虛擬的時空裡
歸屬另一類別的象限
消弭了穹蒼的碎亂蕪雜
凝神於內在自我
吟詠向天

見與不見
念或不念
舊的即將畫上句
新的正待啟航開卷
音頻會否就此漸行漸遠
飄搖於虛無中的
仍是無以超脫的
我摯我念
外加虔然無邊
聲聲祝願

40　每當鳳凰花開

~記小學同窗重聚感懷~

年年鳳凰花開
總在汗流浹背的熱帶
瞬時綻放得癡狂蜂湧
盛氣凌霄熱情滿載
正是驪歌初起，筆硯相親難再
徵兆著菁菁學子的
高瞻遠矚，放眼未來

之後每當鳳凰花開
稚嫩無憂的童年
即從滿是花影的時光小徑那頭
盈盈洒洒走來
曾經攜手鬧翻校園那方大海
笑顏漾漾掀起的無忌聲浪
時不時就攪亂上下課規律的鐘擺

即使各自分道揚鑣於前程願景
每憶及鳳凰花的漫渙
就沒有一個地方稱得上天涯海角
更沒有一方寸的過往
會被丟落記憶可能的斷崖
儘管往昔飛揚的青絲
已蘆葦般點點花白

而今每當鳳凰花開
朵朵片片穠艷飛上枝頭張揚著
猶對生之旅不停不歇的喝采
祝福與默契充溢心懷
寄望年年花開時節
樂享它迴還於心緒裡的
情誼永在

41　一處農莊廳堂

借問主人何方
請原諒我恣意的衝闖
逕擅入你
如此靜謐的廳堂
迥異於飛毛腿跳踏而過的
小溪流淌
無涉於滿天大小蜻蜓
上下的恣意遨翔
遠遠的青山招呼著白雲
方才追逐笑鬧的聲浪
似仍在耳邊迴響

深褐窗櫺的身影
倒映在沐漆的老桌上
窗外庭院
佇立著一樹
只及門腰的玉蘭香
奶色的花朵正舒放著
恬淡的芬芳

一抹斜陽
暈染著斑剝古老的
紅磚牆
不見滄桑
見時光
就此收藏
記憶中小小一方
農莊廳堂

42　水田

~宜蘭憶往~

小時候喜歡在田埂上奔跑
白色野薑花時不時前後圍繞
最怕雨後泥徑溼軟溜滑
一個重心不穩就跌落水田
坐對群蛙的聒噪連連

一方方水田插滿青翠秧苗
好像還沒跑上幾回，已熟成金黃穗稻
就在恣意奔跑與跌倒之間，童年驀然已遠
而映照著天光雲影的水田
在交錯回憶中似仍清晰可見

130

——

131

43　七里香

小時候校園栽滿七里香
　喜歡以它來區隔
　許多不同活動場域的籬牆
夏天裡，小小捲著瓣尖的白色花朵
像極地飛雪飄來這個亞熱帶島上
　又如繁星來自深邃天堂
走到哪兒都沾染著它郁郁的香

今晨又見七里香，存底記憶漲滿心房
七里有多遠？
是一個確鑿距離還是概念
而童年，究竟在多少里之外了呢？
光陰的距離
既迴遠又綿長
是否也可以這樣來丈量？

44　靈犀

靈犀一點
　總在
不及回眸的遠方
無形無色無聲響
踟躕於宇宙星航
可曾算數過它的光年
　是多少加乘的
　多少次方？

　又是雨滴
　又是星光
既瞬間　復綿長
　錯落倒置的
豈止阡陌江河萬里
雷鳴電閃合奏的

詠歎調

源自深海無波的
鬱鬱蒼蒼

猶未滲入眼底
尚不隸屬心房
史前
遍尋不著
今世
也未必朗朗
飄忽幾似冥想
卻總在不及回眸的
遠方

45　過盡千帆

~ 王攀元 繪畫藝術展 觀後印象 ~

回忘北大荒
失群的牛羊
黯然走入寂寥荒漠　不逼辨方向
日光滄茫，餘輝下老樹昏鴉低吟獨賞
月影疏離，最是浸染大地星光
沉鬱的藍，水波盪漾
點點海上歸航
龜山島遙遙在望
蘭陽平原吞吐蔥綠呼喚
更有稚齡子女殷殷倚窗

從年輕少壯　至鬚髮皆蒼
簡逸孤寂　淡泊涵養
青澀記憶裡撐持著厚重惆悵
熟成的平原沃野充溢豐裕安祥
塗抹畫布上的色調影像
從不拘泥瑣碎和誇張
滿滿畫布一方又再一方
沛然心境和意想，震顫龜山島靜穆形象
千帆過盡，故鄉既在眺望之遙
亦在海島自在追夢的舒放

46　歲歲年年

其實那曲調
數不清聆聽過多少遍
那情韻
早傳誦了千世萬載
每一個須臾瞬間

不論予求予捨
都走在心緒之巔
不論是記是忘
都彳亍過蓮心蓮瓣
人世地表的生之弧線

眼睜時的日光
眼閉時的凝煉
更休提回眸連連
無情或忘
亦無情堪念
鐘罄悠遠
古剎透澈梵音響遍
最是郁郁情懷
「不負如來不負卿」
歲歲又年年

註：作者倉央嘉措，第六世達賴喇嘛，是最為傳奇的一任，多情浪漫，著有傳世詩詞，此句出自曾緘的漢譯本。

47　距離的涵義

距離的涵義
可以很兩極
一端徵象著無晦風雨
一端意謂著遙不可及
即使鋪天蓋地搜尋
都切不中主題
猶千古和聲混唱元曲
感覺既珍奇
又滑稽

剔除輪換的白晝與夜氣
觀雲賞月遊頂涉溪
賽似龍騰百岳蛇行千里
超越人文地理和一切熟悉
視界悠轉
時空也跟著挪移
無晴無風無雨
中間 vs 兩極
相去幾希

48 寄語蒼茫

是什麼在天外一方
震盪著水中央
尼泊爾古風廟宇的坍塌
緣於地心積壓了千萬年的能量
抑諸神發洩的喜怒無常
未來竟此再也不操之於
自我手掌

夜思兼且日想
不意聖母峰也難逃這份嗔癡愚妄
雪山瞬間轟然崩潰
眾生吶喊聲嘶頻仍
顫動深海底層濤濤波浪

都是誰人的歡愉、苦楚和哀慼
驟埋土石之下猝不及防
承載世紀以降之孽障與創傷
無由無解無冥想
化解得人世浩渺無語的蒼茫
在瓊宇的任一角
天地的故土或他鄉

49　聆聽靜謐

翺翔凌空似鷹
沉潛悠遠似鯨
洋流醞釀浩然前奏
掀動前世今生
可能的千層波濤與寧靜
化身浪尖一葉扁舟
晃盪著另一個面向的
冽冽冰冰甚或多愁

聆聽的瞬息
何如另一曲
琤瑽悠揚的「思想起」
自洪荒曾否錯肩相遇

彷彿春日粉櫻華茂葳蕤
又若朝陽冉冉之炬
似上古佚散的傳奇
緲緲忽忽猶海山之移位
江河汲汲奔流萬里

漫漫流星雨　各有各的天地
都是過客　都不著痕跡
即或相隔一整個世紀的游離
純然超然毋須念念縈繫
既無承諾　也不懷期許
只恍惚難以記憶
千年冥冥交響的樂章
這回席列第幾？

50 面對

揮揮手外出去買點東西
只短短 短短
短暫的夠不上稱為別離
一回頭竟看見你眼神裡
流洩的依依幾許

陡然靈光閃現
仿若意會到最終彌留那一剎的心緒
如此我如何振翅高飛
逕至雲霄之外的無塵無風和無雨
如果整個心境還留在大地

崩潰如山岳海域坍塌走位
卻立時憬悟好歹都得把顛覆收起
展現平穩展現亮麗
之外的都存乎堅持一念
無可置疑

淚痕不見
洒然再現
擁抱無限低迴與惋惜
了然你的無語
了然你無語的孤寂

暗自承諾盡心盡力
不那麼早升騰
不那麼早抽離
或許你尚無以理會人生的許多步伐
其實全都身不由己

只是啊
日月星辰移轉不歇的間隙
要我如何面對
深埋眼底的那份依依
年輕的你

問：對象為何？一隻小寵物的期待。

答：如果只是一隻小寵物就好了。

51　看見孤寂

尚沒定位的
浩瀚星辰之中
有多少依然繞行在
宇宙千迴百轉的迷航路上
滿心期期期艾艾
外加點滴揣測猜臆
靜寂衍生遐想
氤氳如水的夜氣
是否總飄搖著
不到岸的
茫茫思緒

孤寂兀立
一抹單純
神采淋漓
猶熠閃靈犀
凝止處
如羅丹沉思雕塑
恁般不見底的
無聲無息
突變翻騰又宛若海嘯驟生
浪濤千尺雲湧風急
剎時遞換
表象的
寧謐容頤

渾沌不明的幽微裡
我看見孤寂
了然那凝止那兀立
一如零星迷你島嶼沉溺海底
當疲倦來襲
當眼眸不再仰天企問或低迷
願否就此
隨我攜領那純然熠然靈犀
逕往外太空的渺渺
吟嘯揚長而去
恣意悠遊於
亙古的
無慮與無羈

52　珍藏。琉璃光

騰雲十萬八千里
才豁然開朗
再怎麼樣的珍藏
不過宇宙些微的片羽吉光
級數無可無不可的輕量
蒼穹每一個閃爍的星座
故事即使成籮成筐
無乃古人漫無邊際的遐想
和今人無可救藥的迷惘

滿天熠熠洒洒
宛若剔透晶瑩琉璃光
隨著時空挪移遞換
逍遙的自去逍遙
晃盪的就任由它去晃盪
情懷飄忽如遠古的聲波鐘響
撞激上危崖節律的
萬道痕千重浪
自是星沉月逸
雲渺而霧茫

53 花魂

當我佇立海邊　當我孤立山巔
猶如遺世獨立
明日未至而昨日已遠
今日復碎裂成千萬片
似複眼

無關色澤濃艷
無涉思緒渺遠
你來自南方赤道邊的
鬱鬱蒼蒼
還是阿拉斯加朔風呼嘯的
蕭索冰原
樂聲彌漫的薩爾斯堡似曾見過你一面
什麼時候又在莽莽的非洲
連續綿延

這麼廣袤的天地
這麼擁擠的人間
你從何方閃現
竟亭亭於我窗前
芳魂一縷
應是去夏
隴上青田

54 明星咖啡

歲月流逝下喧騰聲名已屬古早
一杯在手就研磨上一整天文字的寂寥
爾今已成就疊疊落落珍藏的書頁和文稿
樓下廊柱邊一隻素彩夢蝶
不分春秋，總停佇在那兒冥思、翩翩
絕美情懷令人神魂顛倒
都說，那形貌極似禪師般長袍，飄飄
醞釀真情，澎湃荷韻菊香和芳草
曾幾何時竟升華為敻渺神話
所傍倚的明星咖啡，也昇格為另一種圖騰
頓成新一代人類講古的神廟

斑駁中閃著異彩的明星歷史
神秘一如俄羅斯套不完的彩塑娃娃和軟糕
夾著乾果白色軟糖，任你懷古或嚐鮮
絕對僅此一家，別無分號
對街城隍廟熙熙攘攘，不乏人們撚香膜拜
廊沿下夢蝶儘管靜默無聲
也引來愛慕者追風也似的波淘
若你哪天遠從太平洋彼岸歸來
請容我帶你一道去瞻仰，去緬懷，它的豐采
不僅僅為一杯咖啡的醇美
更為那一脈詩情香火
綿延的熱愛

55　夜空飛行

機身無須搧翅如巨鵬，就平地逆風而起
在燈火輝煌中向霄漢騰衝
座艙滿滿嵌入一個又一個的人體
互不相干卻也生死與共的獨立
懷想各異，匆匆來自南北東西
南海有曖曖含光的珍珠勾引對財富的吸力
極地的冷光也正閃耀科幻色相的變易
東方宗教膜拜祝禱嗡嗡低沉
西方歌德式教堂尖塔也匯聚虔誠的讚禮
混聲融合於平展的機翼
穿行在夜空迷濛繚繞的雲霧裡

這群搭客正沉陷於昏昏欲睡之際
可會有人懸念著遠方的友朋
抑或無動於衷方才
登機時的不得已或救命也似的分離
在這幾萬公尺的雲空之上
不論什麼過往和前程，都近乎夢幻和囈語
你不知隔壁座位上的人來自哪裡
雖然你們都得在同一個機場落地
但又有誰在乎誰的前世與今生
更枉談會不會交心成為知己

你睡他睡眾人皆似醉，惟獨奶娃睜著的眼睛澄澈如水
夢中也是各自不同的天地不同的言語
是歡樂是憂鬱是焦慮
理所當然都有得體的外衣包容隱匿
你與鄰座的人生，不過是算得出來十幾小時的相聚
難道也累積自多少世代的擦肩凝眸與回睇
當機輪倏然落地，人人都急急作鳥獸狀散去
各自滲入人間千百個不同層級的縫隙
一如塵復歸土，流水汲汲奔向海洋的波濤詭譎
尋找自我得以存活的那個群聚
奏合下一個夢寐以求的組曲

56　呼哨的風

老街坊的繁華甚囂塵上
　煙花不息，屑沫浮盪
後巷孤燈下又是誰人落寞心緒丟放

　敲更似的推車麵攤已微帶睏意
　　黑框也似窗口拋出的吆喝
是為填飽自己，還是只為那碗蒸騰熱氣？

　　細雨飄飄沉寂的暗夜
　料峭呼哨的風正穿堂過隙
不是你的呼喚，也不是呼喚你

57　另一個星系。另一種天地

飛越天際銀河熠熠
時空尚有未可丈量渺茫間距
太空船急於馳騁奔赴的
會是哪一個邈不可及的星系？
懷著幽冥永隔心情直闖
意念卻不離地球前世今生的牽繫
回望的瞬息
前程往事如倒帶般娓娓重敘
雲裡霧裡翩然穿梭
影影綽綽
實實虛虛

幽冥不分的太空之旅
是否猶如另一次開天闢地
洪荒再啟而生命滋滋不息
在另一個星系向度下
隨身浸透著今生繁複的音訊波瀾
抑從此之後不復再有記憶
今生念念的相知相惜
自此永不相遇
邁步悠悠盪盪空際
天地會否是另一種秩序
曾經的愛憎瞋癡
驟成另一個時空的
笑譚和無稽

甩開沉重太空衣
卸下隔閡與遮掩面具
另一個星系自有另一種定律和規矩
另一種水的迴轉流向
另一種雲霧飄盪軌跡
花朵會以另一種風貌繽紛呈現
單一色調是否遠勝過奼紫嫣紅與黛綠
心律的快慢也可隨一己的恣意
從地球時間刻度昇騰的剎那
就此遺棄了所有沾染的紛擾與庸鄙
冥冥之中竟此開展
全新境界
超越淨化
所從來的自己

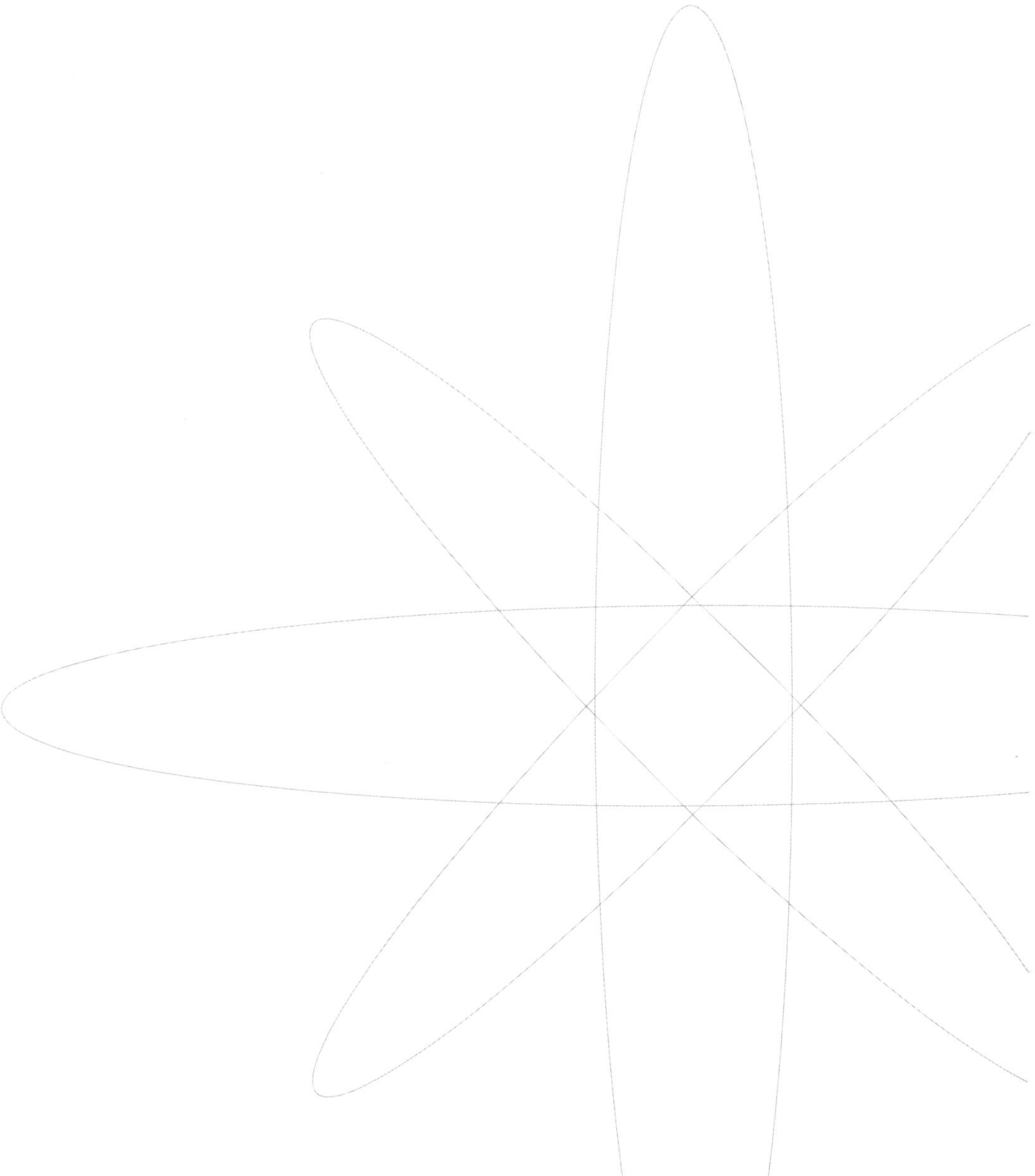

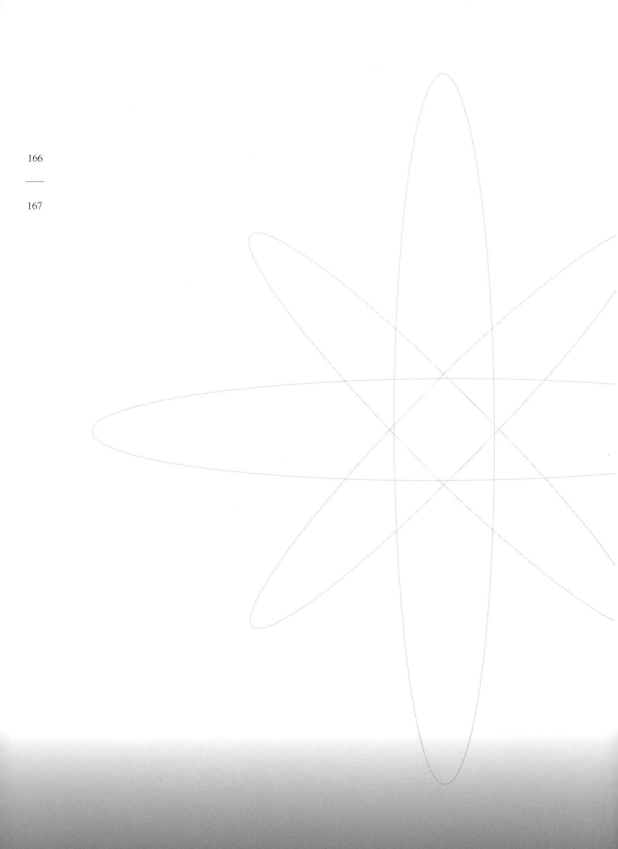

58　心悸在哪裡散落得點點滴滴

時間一分分一秒秒過去
都隱匿到了哪裡？
偶或馳騁過群山錯綜間那棟孤立樓宇
只見外觀不見內裡
還沒看個仔細，就已到了時刻分離
得歷經多少年月的日晒、風摧和霪雨
才有可能增添樓宇傾頹的機率
好讓它退下巍巍然遮掩的外衣
剔透葉脈在光射下呈現完美蹤跡

是否意會得，偶遇樂章泉湧霞氣
穿越或高亢或低沉音域
時光匯萃的長河
流年顛簸逐日遠去

一波未平一波又起的浪花
翻騰壯麗猶如樂聖「命運交響曲」
隱隱邂逅絲帛也似心悸

而心悸又會在哪裡散落得點點滴滴？
就先別說他人的心悸
哪裡又會是我自己？
或許化作一顆敻渺星辰
遙掛超越時空的天穹
在塵凡與銀河系
洒然劃出一道道游曳軌跡
每一朵雲都似飄飄盪盪的袍衣
每一顆星的閃爍都似天外天知己

59　化身一艘小船

夜空靜謐
化身一艘小船
張揚著飽風的帆
逡遊夜之寧謐蘊涵
星辰前導光年億萬
明月閑依
舷畔思潮卻拖曳渙亂

微曦不夜裡
下望塵寰
祝禱聲聲頻傳
忘情忘利國泰民安
升騰梵唱慢慢

剎時船舳已掠過冰封群山
是崑崙是埃佛勒斯峰頂的晨鐘暮鼓
還是恒河岸老僧前世不歇的呢喃

地心萬有引力牽絆
何不逕至無形無夢的渺渺雲漢
飽風的帆再次鼓漲滿滿
思緒懷抱就此空白得纖毫不沾
遠航的船　遨遊的風帆
駛向外太空澄澈湛藍
領會無羈無慮
朗朗浩瀚

60　六月荷塘

六月的荷已盛放
每一朵都嵌入今生
虛幻迷離的我思我想
而荷葉的每一次翻飛
竟如轉世時的
豁然盡忘

行舟瀲灩荷塘
朝暉夕映波上慢划槳
翩翩的是想望
脈脈的是水鄉
潑喇魚鱖頻喁
出水芙蕖無瑕漾漾

月影下沐浴素彩銀妝
風來荷葉依然洒洒翻揚
將前世今生盡然相忘
即令嵌入每一朵的我思我想
掉落荷塘就頓化成
永恆的瀾漫時光

61　不朽與純情

因為知道你純情
更不願你為無謂費心
人生的無奈
總似如影隨形
若果我年輕
會憤然遠航至宇宙的七重天外
既無律法亦無神明
把憤怒像海潮傾倒而下
淹滅一切
甚至生靈

而今不再年輕
澄然淡然與智慧經年累進
即使不須僨張的怒氣
也將緩步進入外太空的幻境
眼下儘管寒冬深雪埋陷
來年的春花依然對我笑臉相迎
無奈其實有一個別名曰修行
我擁抱的
不僅僅是風月的柔美或繽紛落英
五味雜呈的生命
自有它多面向的風景

或許會走進另一個循環
也或許就不復返行
祝願每一個巧遇的純真心靈
回眸不捨裡有我的寄望和願景
即便枯萎了容顏衰頹了身形
但請
一定保有你
不朽的
純情

62 之內或之外

獨自在咖啡館落座
嗡嗡人聲如琴鍵彈奏的低音頻率
又如絲帛起伏的海潮聲息
正是沉溺於那樣窸窣的細碎聲波
才越發突顯獨自一人特權似的孤寂落寞
如此強韌不屈又如此脆弱緻細
跨越牆垣與門窗玻璃框限的瞬間
隨興遨遊喑啞穹蒼的太虛
點數銀河系之內或之外無盡奧秘訊息

遊蕩於遠洋和浩瀚沙地
兀自思忖荒原上的那株玫瑰
屬性該說是挺立還是傲立？
植被世界洋溢自在自得野性無忌的俊逸
無須故作姿態呈現傲人的睥睨
傲立應是人世紅塵才有的特質和心緒
而此刻靜默無言的自己
算是沐浴著曠野的和風習習
還是落座在都會的一間咖啡店裡？

63　意象。聆聽

一方窗景
是扼殺意象的圍城
是跨越自我的捷徑
還是冷眼旁觀風雲的
數位螢屏

無暇翻湧驚濤駭浪
千古翩然的凝波幻散
掀洒細密沙洲輕緩
拍打深陷歲月刻痕的崖壁
是沖激是淬礪
是承載是尋覓？

漫說低吟清唱
行行復行行的長軌

其實都映著日晒和月光
聆聽的是一種意象
哼彈的是遠古的綺想

風雨裡有咆哮有癲狂
止息處
聲韻重又聚合著再次登場
而轉折餘緒怎的那般空靈迴盪
猶如時間的跫音敲響

微聾於聽
是否就有那份效應
錨未錠而氣宇軒淨
宛若遠海飄搖
點點帆影

64　濃濃一股情緒

天連海海連天的大氣
最是思維自由馳騁場域
湧自深海一股濃濃情緒
　非關悲戚
　不是憂鬱
而是不見底的低迷

雲霞與浪尖更迭遊逸
廣袤椰林與金葵根鬚
橫向垂直全方位散發移徙
　可曾探尋到
沉潛的鯨豚和游魚
　西半球的洋流
是否遇合上了東半球
　翻湧的潮汐

若把玩立足的這顆星球
將之晃動得驟然失序
混淆了南北東西
自上古以來萬般天道地理
全都重排次序
是否反倒皆大歡喜？
還是如「李伯」之大夢初醒
不辨來時方位
再也走不回
超越時光之流的
幻境裡

註：「李伯大夢」是美國的一則傳奇故事，李伯在田野大睡一覺，竟此進入了小矮人的仙界，只不過待了一宿時間，醒來時，塵世已過數十春秋景物依舊，而人事全非，他自己也頓成講古的老翁。

65　翩翩古典

~「希臘人為什麼有智慧」一書讀後所寫~

荷馬的史詩篇篇
幻化成愛琴海波濤萬千
斯巴達的海倫芳魂已遠
木馬屠城的史蹟早成雲煙

我來自遙遠東方的智慧之源
歷史一數即上千年
奧林帕斯的絕頂　活躍著希臘諸神
崑崙山顛的瑤池　也住著王母神仙

請容我充任牽線傳信的使者
邀約東西方的神祇　一起歡聚相見
玉皇大帝率眾仙班騰雲駕霧

悠然遠赴雅典娜精心佈置的橄欖美饌佳餚
宙斯諸神馳騁著　阿波羅的金色馬車
也前來東方參與天庭的蟠桃盛宴
你崇慕我東方的規矩方圓　中庸且沉穩內斂
我讚歎你的熱情激越
撐起了西方文明　自古至今的半壁青天
是否在握手言歡的剎那瞬間
奇思妙想即驟生　如豐沛的風雷雨電
就此交融煥發出超越經典的經典
輝耀著千年之後又再千年
成就了另一種　神話翩翩
開創出另一番　翩翩古典

註：荷馬—相傳為希臘吟遊詩人，創作史詩「伊利亞特」、「奧德賽」，但史料目前無法證明此人的存在。

66　茱麗葉之醉

數著銀河裡的星星
請問茱麗葉
自十六世紀莎翁執筆形塑了你
至今夕究竟添了幾多年歲？
這提問可能唐突
但莎翁筆下的人物
也惟有你的清純和湛然
讓我無悔地癡醉

當人世一切紛擾沉澱
當眾聲喧囂不再煩攪心弦
出其不意或許就有
靈思閃現
凡事不再繞圈
一絲絲一縷縷
如藍田隱隱上冒青煙
若換在這個世紀
插入你心房那致命的
是癡戀匕首之蠱魅
還是點點初萌的所謂智慧

智慧何謂
無涯無邊無底的深邃
音符躍上五線譜似的纜索
風帆靈思就此伴著
羅蕾萊的歌聲遠洋相陪
星空之上的浩瀚
宇宙之外的穹蒼
都任你自在翔飛
你惦記的仍是宮裡豪奢的假面派對
還是肅然墓穴裡的族裔立碑
抑或花影露台下吉他的聲聲追隨

爾後心情是否就此改向
由睿智與理性領航
浪濤一掃即紅顏不老
再一掃更清穎如雨後春陽
朗朗蕩蕩
滿載遊曳
新世紀曙光之徵象

註：羅雷萊—德國地名，傳說女妖以美妙歌聲誘惑行經的船隻，撞上岩礁遇難。

67　念念胡姬

那年在南洋不期然相遇
錯以為你古早年代
迻邐來自西域
只源胡地豔姬嵌入你名裡
迥異於傳統幽蘭的沉潛空靈
自是卓然洒然
另有一股信心滿滿張揚的氣息

跨越洲際遠行的巡禮
於今已不限於
駝鈴絲路浩瀚沙洲上的跋涉
什麼時候都可以隨心隨興

遊曳海上陸上飛天航宇
荷蘭暖房有你繁衍的蹤跡
鬱鬱蒼蒼珠翠也似的南海諸多島嶼
兼及赤道邊的星洲炎陽下
更恆見你亭亭玉立

回眸千轉
巧笑倩兮
令我深深癡迷于你
嫩黃深紫粉色裙裾
飄搖著琵琶胡笳韻致的翩翩舞衣
燦然的姿顏惟陽光足以襯顯
月光反倒不及比擬

朗朗與芳澤互為表裏
閉月羞花非你容儀
坦坦笑靨盡展內在欣喜
不負你遠播的盛名曰
胡姬

眼下與你海天遙距
偶爾一個迴轉卻又惦起
在心中在眼底
騰雲破浪時空溯逆
薰風輕拂夢土依稀
期期再會你
黛綠年華菁麗質氣

註：胡姬可說就是蘭花，由英文的 Orchid 音譯而來，也有人直譯洋蘭；東方傳統，
喜歡標榜蘭花的空靈和仙氣，有出世的想像，而南亞慣名之胡姬，
展現陽光、開朗、堅毅的性格，是入世的具體。

68　女王的迷航地圖

~伊莉莎白一世電影觀後~

星羅棋佈般的中古宮廷神經
宛若蛛網密佈纖細且過敏
恁陣陣微風輕拂　竟都戒懼似草木皆兵
哪須撥動弦尖奏鳴
才探得顫顫聲音
一旦遼遠開闊如亞馬遜河的奔騰大氣
即使天兵天將蒞臨
也不過尋常風景

既有「跨越時空愛上你」的浪漫喜劇
有何不可在浩渺之中
尋覓一位遠古的知己
維多利亞的名字在美東的泥土上烙印

之前的伊莉莎白一世
沒讓叛逆情人的頭顱落地
為的不過是給自己生涯的輝煌
留個警惕

太空地圖星海迷航之際
已無關慌恐的命題
它象徵的是又發現了全新的美洲異域
在淨白的面頰　鉸短的髮絲之下
伊莉莎白
你既冷峻又熾烈的眼眸裡
是否將重燃
專注與探索的志趣

註：跨越時空愛上你－2001 年由導演詹姆士．曼格執導的愛情喜劇，由梅格．萊恩和休．傑克曼主演。
註：伊莉莎白一世－亨利八世的女兒，都鐸王朝最後一任君王，在位期間打敗西班牙無敵艦隊，成功保持英格蘭統一，是英國文化、財富、國威的巔峰，史稱黃金時代。

III.

芳華
與
青春
Remember
the times

69　當聖母院的鐘聲響起

塞納河畔的巴黎
浪漫多情的法蘭西冠冕上
最精湛的珍寶珠玉
嘗以詩句凝思你碉堡的俊秀及壯麗
網住史頁中或震撼或平緩的記憶點滴
參天古木間詩情抖擻迎風
曾經千軍萬馬奔馳過的土地
時間是垂直與橫越的利器
還是一絲絲一縷縷
尋尋覓覓的惑然心緒？
人生是望不盡的平疇萬里
還是自然過程一段小小插曲？

在你遠古近親駐紮過的莽莽蒼蒼
偶爾靈光爍閃的須臾
或會惦起一位曾經的貞德聖女
且不論路易王朝由第幾延續到了第幾
也不說拿破倫征戰與情史的頻率
這城市古今傳頌不朽的
一直都離不了塞納河上的那波那水
蜿蜒迤邐
倒映著史蹟的嬗遞
潺潺流向深邃的海域

註：貞德—1412 年 ~1431 年，法國農村少女，自稱得到神諭，帶領法軍在英法百年戰爭中擊敗英國多次，最後被英軍以異端女巫處死，後被平反並封號「聖女」。

註：蒙馬特—位於塞納河右岸、法國 18 區，為藝術家聚集的地區。

我欣歎你自在自若的雍容大氣
而非萬邦驕奢不可一世的睥睨
凡爾賽的金碧輝煌登峰致極
羅浮宮殿的收藏所向無敵
廣納珍稀傲視環宇
面對斷臂維納斯的亭立
渾然酣醉於她的典雅
勝利女神振翅欲飛
引領著凱歌升騰
穿破天外的標高音律

塞納河上鳴奏波光夕照交會的樂章
重重橋影連綿
似彩虹冉冉跨越天際
紛郁中隱現水鄉款款
煙嵐氤氳裡透著幾分神秘幾分歡愉
堤岸邊似恍見莫內仍汲汲塗就揮洒
一幅幅天成的曠世之作
就此安躺在橘園裡舒展休憩
時不時與四面八方的來客促膝閑聊
交換著時光荏苒交替下
或顛狂或叨叨的訊息

蒙馬特的畫者年華已然漸老
曾否失落滿是夢幻與喜悅的年少？
紅磨坊總該有不歇不停的繼起畫筆
為人性的激越與滄桑留下幾抹真情的註記
在你每一個拐彎轉角的街衢和屋宇
有我前世今生戀戀回眸的
深情與闊契

當我遲遲向另一個夢土遠逸
你是否仍佇立在不移不變的河口
等著我再來探你？
在一個時鐘尺度都衡量不到的他方
究竟是千古一瞬抑或一瞬千古？

堆疊的疑惑已是永恆的謎題
就讓聖母院的鐘聲去敲定去打理
鐘聲曳止叮噹的剎那
距它再次響起
會是沉鬱地數以千年數以世紀？
還是只不過白駒洒然過隙？

而當聖母院的鐘聲再度響起
你是否仍佇立在不移不變的河口
等著我再來探你

註：莫內的最後的力作「睡蓮」，就安放在橘園美術館，是以如此說。蒙馬特的紅磨坊，曾有畫家羅泰列克為那些滿腹滄桑的歌舞女郎作畫，以廣招徠。成為十九世紀紅磨坊最膾炙人口的一段逸事。而今是否仍有悲天憫人的畫筆繼起？

70　蒼天與赤地之間

蒼天與赤地之間
典雅與熾烈之巔
有什麼無形的拔絲牽連
暗夜與晨曦轉換之際
有什麼正默然醞釀交替
華髮與青絲的分野
什麼是必然的差異
又什麼將坦坦無隙

星辰閃熠
滲透天池溢滿天梯
墜落的是一種期許
幻滅的是夢與抽離

爽颯無羈是表層還是內裡
不限東陲西域
無以迴向的
終將都隨風而去

飄逸的是心情
追念的是思緒
眾聲和欷或孤高睥睨
離不了頌歌生之亮麗
瀰天漫地澹而不息
韻致洌洌千古
悠轉春之聲
天與地翩翩旋律

71　逸逸洒洒。無關風華

是冰川消融之際
潺潺春水和植被
匯聚於荒遠的邊陲
不息不滅的伏流
奔騰於沙漠下隱匿的河軌
抑亞特蘭堤斯潛藏不露的
深海宮闈
浸潤著遠古年代的
神話薈萃

不是朦朧的明月
不是閃爍的星輝
也不屬驕陽的熾烈
卻無所不包
無所不容
可能涵蓋的虛擬外加實質
都在那份
包容之中

究竟什麼樣的
精湛思辨和智慧
析透得了宇宙黑洞的精微
渺渺無垠太空
深邃一如翦翦雙瞳
投注得夜雨般點滴玲瓏
滿載洌洌自在雍容
意念飄舉隨風
竟此迷惘了
整整一冬

揭開那一抹
熒熒輕紗
疑似飛瀑千啍
魂魄自九天狂瀉而下
抑澹泊幽境
猶荷之香遠益清
南北極往復遊走
兼具愚癡與曠達
盈然泰然逸逸洒洒
水天行止處雲霞淼淼
無關風華

72　旅行的雲

眼前掠過一溜風景
白樺樹昂揚向天
似大地憨直素樸本性
蜿蜒河水流淌
涓滴映照著青空朵朵
行走水面的浮雲
時不時變幻姿容色相
是為世間的詭譎預作準備
還是智慧的一種
前導和適應

遼遠的平野牛羊成群
牧人馳騁來去如風
卻懷抱寧謐初心
源自未可知基因的神秘
還是牧笛召喚的音頻？
眺望天邊一抹淡藍山形
飄渺虛無會否是穿越的最佳捷徑？
層雲下點點挪移人影
儘管洋溢滿懷熱情
衡之於漫漫銀河系列的爍閃
不過草原上乍開乍謝
瞬間的曾經

繚繞的雲　水氣氤氳
難掩內裡暮靄或激進
回眸與凝注之交
蘊含一千零一夜故事的
是你是他還是誰的眼睛？
流雲飛過平疇林蔭
亦俯瞰萬水所從來的叢山峻嶺
在它沛然滂沱之際
這顆星球就此淨化得既湛然又透明
仲夏夜驛馬星和合著笛聲
雲正在旅行

73　風景 VS 畫境

重又行經那長廊小徑
思潮竟漫漶得
一如扁舟顛簸於波濤萬頃
人說那是座巨碩淨白樓塔
或海外仙山緲緲虛凝
日以繼夜吞吐大千世界的歲月魔幻
恒以肅穆無聲的巍巍外觀
壓抑內裡所有
起伏心情

庭園那棵開滿大紅花的蓬勃喬木
什麼時候竟只剩一樹蓊鬱
獨撐它流逝年華的秋雨和春霖？

一步三回頭的漫不經心
算是踟躕算是行進？
窗玻璃上千萬條陽光映照爍閃
猶亂投亂射彈道直竄
影影綽綽無以匿躲的細緻斑駁
在霍然轉身當下
究竟是曾經走過的一處風景
還是夢裡恍惚見過的
湛然圖象螢屏

74　芳草

分與秒的間隙
驟生
芳草靈氣
先而影影綽綽
繼之竟又
綿綿
密密

茁長
於肅殺秋雨
晃盪
若凌波之虛
漫延荒原野渡
孜孜如浪濤聲息

遠眺兼且近睇
層層疊疊
無以言說的
山水
秀逸
日晒千古
月灑江渠
雲裡霧裡
最是芳草堪惜
浩渺靜穆乃小草言語
荒原野渡接遞
無邊
也
無際

75 湖景

湖光，山色
濃纖深淺或層疊淡遠
倒影互傍互依
脈波寧謐無聲息
天外翩然飛來纖纖一隻白鷺
棲立於水中央的蘆荻
不望天空的雲朵，不看水域裡的游魚
端詳的可是自己內在的孑然孤立
恍若一尊塑像，如此靜寂

76　星塵閃熠

千萬道爍爍光點閃熠
飄搖自深邃暗藍悠悠天際
三番五次奔竄至眼前
卻立時化為渺渺細語
其實還不如放遠
距離近了反倒
聽不清那頻率
也看不明
方圓橫豎的形體

是海上凝聚的浮游水氣
或山嵐欲雨沉沉的呼吸
最是二零一四拖弋年尾
猶魔境夢鄉之蕩蕩依依
就此放它去奔流隨波
到神鬼都遙不可及的異域
時光篩漏的間隙
洒落波瀾壯闊
超噸位的
星塵點滴

魅力不在剎時的攫目
而在瀰天蓋地一如水霧
歲暮彳亍終夜
任視野魂魄也由著顛來倒去
當二零一五的曙光
乍然從東海岸洋面昇起
氤氳繞行了三百六十五天的
星塵謎題
是化成輕煙逸散不著痕跡
還是一頭又栽入
另一個嶄新年度的
循環裡

77　鷲鷹之眼

漠漠荒原
廣袤悠遠
行行復行行
錯過的會是什麼樣的
視點
高飛鷲鷹
翱翔中回首的那一眼
牛羊與牧草
未知覺不經意的
瞬息擦肩
童稚的笑臉
青春的朗朗與狂癲

歌聲迴轉處
齒頰間的
生氣和芳顏

秋的醇熟
冬的凝斂
春來花海及草原
那片
霞彩托襯金焰

朔風咆哮迴旋
天地歸零再啟
視野浩杳
竟此無際無邊
一如鷲鷹之眼

78　千古江山一幅畫

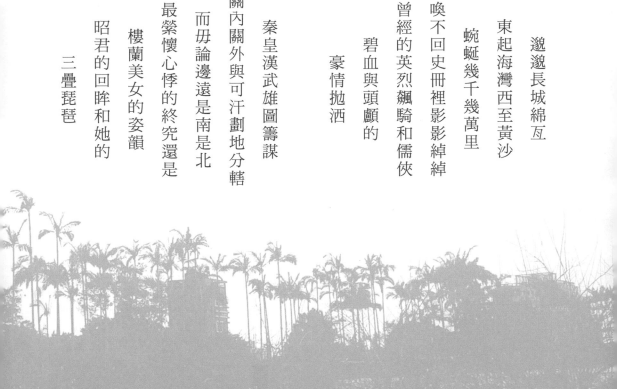

邈邈長城綿亙
東起海灣西至黃沙
蜿蜒幾千幾萬里
喚不回史冊裡影影綽綽
曾經的英烈飆騎和儒俠
碧血與頭顱的
豪情拋洒

秦皇漢武雄圖籌謀
關內關外與可汗劃地分轄
而毋論邊遠是南是北
最縈懷心悸的終究還是
樓蘭美女的姿韻
昭君的回眸和她的
三疊琵琶

塞外駝鈴響馬
蒙古草原牧歌曠達
小黃鸝鳥　婉轉
正細數馬靴的栩栩繡花
古長城上策騎遠眺
嚮往的可是銀翼與太空梭
星海宇航的逡行玩耍

江山似錦
人文璀璨更為無價
如果夠霸夠瀟洒
迤邐開展的五大洋七大洲
也不過大筆揮洒下
堪似的
一幅畫

註：小黃鸝鳥 ＜北方邊遠民歌＞

79　一股質氣。一襲香郁

星空億萬光年之遙那一點
是否宇宙精魂爍閃之眼
抑只不過冷漠物質光亮折射
荒瘠地表一如火星
冰風暴、沙塵暴全都不缺
惟獨少了青翠欲滴莽莽田野

亞歷山大港邊望不到對岸浩瀚大河
繁衍著薈萃人文籲歌
洪荒初起雄霸一方法老王境地
星塵和外太空的神祕悄聲在此佇立
河畔抽高椰林有我懶懶閑依
笑看時光荏苒下千古如謎

阿非利加南端層疊淡藍山脈
水墨暈染般漸次向四下浸潤展開
山褶間稀世礦脈經久深埋
鬱鬱蒼蒼原始叢林一經陷入
就迷走神經般顫顫危危
全然失卻經緯度精準方位勘採

抑或所有的謎題
只緣於一股質氣、一襲香郁
吸納普羅旺斯芳菲的整個花季
非能盈盈一握，既無形亦無體
沁滿心田，吞吐大氣
逸散如薰風，飄搖於或遠或近宇空星際

80　九十九朵與一之間

九十九朵
粉蝶飛繞的白菊花
九十九朵愛爾蘭頌歌的紅玫瑰
九十九朵梵高昂揚燦爛的向日葵
九十九朵包藏神祕訊息的黑色鬱金香
而只一擎迎風搖逸的荷
就獨攬了整個池塘的
夏日風情和時光

81　河流之歌

前世曾否在恆河相遇
呢喃祝禱　垂眉凝睇
今生又在夢幻也似的汨羅江心
彷彿見其披蓑戴笠撐篙
一如羽鶴翩然飄搖
儘管孑然獨立了無數個凌晨
時間依然颼颼前奔
未能回溯到最初始的那個黃昏

每一條大河的源頭都波濤滾滾
無視於更迭的日月星辰
眼下淡水河悠悠緩緩
旭日夕照下皆輝映得潾光燦閃
河口水波兀自在沉潛中翻騰
就將心緒託付給這潺潺的河流之聲
超時空遠距離的凌波虛渡
一瞬即是永恆

82 錯過

未嘗錯過遠方天際
潮湧而至的雨和雲
也未錯過風馳疾飆的
轟隆電閃和雷霆
未嘗錯過花都艾飛爾鐵塔
鋼索架構間的精緻和浪漫
也未錯過凡爾賽
絕世風騷的遙遙引領
未嘗錯過白金漢宮
歷史章程中搖曳的燭光
也未錯過大笨鐘

竟日風雨無晦的響鳴
未嘗錯過維京峽灣
萬壑千峯曲折的絕色風景
也未錯過丹麥海岸那人魚
永恆沉思般的幽冥
未嘗錯過尼德蘭低地
繁茂花季盛開的鬱金香
卻錯過了今生
一雙脈脈回望的眼睛

83　時光的故事

晃盪在老藤椅上
故事一談起都是好幾個世代的時光
催人老的歲月那時還年輕自在
無數個瘦骨嶙峋的阿明和阿蓮跳上一艘艘小船
扯緊風帆就往顛簸的大海裡直躥
淚水雨水交織成模糊遠景，就此與故土分開
義無反顧駛向赤道邊蕉林椰雨最濃郁的未來
潔白魚尾獅佇立海口遙遙迎待
為了生存和家人，他們從此流落海外
眼下什麼艱苦都得以雙手憨憨承擔
和著血淚停駐在既遙遠又陌生的熱帶
生活的細碎，在紅頭巾、阿姐和粗工手中
點點滴滴以血汗換來

朝朝暮暮看山脈交錯縱橫、海濤澎湃
看舢艫細細密密的排
看人潮洶湧而來
看記憶層層疊疊
卻遠在山海之外

經年汗水澆灌的土地終為精誠所感
這小紅點也似的小小一方土地
竟讓先輩的阿明阿蓮開創成南洋的珍珠
閃熠舉世豔羨的霞光華采
高低密集的樓宇傲然衝破赤道邊天際
終可揚眉吐氣將往日的孤苦和血淚拋開
吐瑞的魚尾獅仍佇立海口向四面八方招徠

萬國商旅捧著金元汲汲而至似朝拜
閑步獅城母親河畔的遊客如我
晃盪在老藤椅上悠哉遊哉
賞看它各個面向繁花似錦的多姿和多彩
故事的每一個轉折都令人緬懷
期待明日風景，如鷹揚翩飛更富麗更展開

註：獅城是新加坡的別名
註：阿明和阿蓮是以前新加坡一般男孩和女孩最通俗的名字

84　颱風自述

渾沌初起，目前我尚屬輕颱
嫋嫋娜娜源出於菲律賓群島東廂
偶爾也來自關島附近太平洋上
我知道自一現形就招引各方矚目
而我最鍾愛這種萬方聚焦的眼光
我既可以是風先生，也可以是瘋姑娘

多半時候我性情曲折多變
偶爾也可能直來直往
但是從不服膺誰人硬性規定我的行進方向
前一天我朝著正北奔馳
下一日又轉換路線東彎西拐
刻意讓那些自以為先進的衛星錯亂迷茫

意識到眾多衛星正密切搜尋
看我行蹤神出鬼沒，力道時弱時強
人們一忽兒放寬心一忽兒神經繃緊
樂得我更癡迷於迴旋在太平洋上頻頻變裝
漁舟預知我來了都趕緊回航
航班猶豫著是否該賭口氣上青天飛翔

心情恬適的時候，我就悠雅地裙裾輕擺
怒火滿載時就止不住整個顛狂
翻山越嶺地衝撞，鬧得鬼哭神號人人慌張
有時玩得興味索然，我突然就來個消聲匿跡
讓衛星和氣象局都莫名所以
不知該驚喜還是該添加更多測臆

在海面甩尾游弋得千迴百轉之際，總要對
哪個綠色島嶼穿心而過或橫掃整個近海區域
夾帶豐沛的雨量混和著海上訊息
乾旱季節，人們會稱讚我的及時降雨
但一興奮過頭就鬧了水災、土石流和坍方
所經地貌千瘡百孔、立時換了個樣

遠在內陸的沙漠即使嘶聲呼喚
也沾不到我丁點氣息和風雨
我只願到所喜愛的地方
玩累了就回歸大海茫茫
我也有冬眠靜悄悄隱匿時刻
夏天和秋初卻不能自禁地在洋面晃盪

其實我只想把雨水帶給島嶼和陸地
直撲環太平洋每一個綠色海岸的初衷
是要疊翠般的森林更亮麗更繁茂更昌旺
年年我都會穿越時空多次造訪
不知你是否喜歡和我玩這種
風雨滿載、海水倒灌的捉迷藏

85　時空錯置

星球與星球碰撞的機率
究竟是源於命定還是出自機遇
每一個生命的追尋之旅
都近乎太空浮游的孤立
我水晶球上摩挲的時光巫蠱
或更早於盤古的開天闢地
凝思于銀河系之外的太虛

人生一世希求完美的探索
難免遇上無以逆轉的錯過與惋惜
淡定，可以是一種無聲的音訊
曠達，遺憾也可譜成不朽頌曲
即使感受到迎風而來的砰然心悸

最多也只能回應一個
木然的不知所以

地球南北極圈的酷寒
觸目皆冷峻漠然冰雕個體
遙想冰島地心熔岩噴發
未必少於崴蘇威遠古曾經的頻率
何不決然改換另一面向的話題
樂聲交融浸染晨曦
水晶球上顛晃夢囈的時光之旅

86　荒原

漫步於荒寒高原
漸次趨近千波盪漾的羅莽湖邊
斜陽中紅玫瑰孑然挺立
還有崖上那閑散的小小野菊
老樹下擱置漆色剝落的木質長椅
是為自我放逐的遊人稍作休憩
抑或只是山居人家一向的
不聞聲息？
突起的煙囪既無炊煙亦無熱氣
週邊籠罩著的
竟似亙古以來的靜寂

偶有流淌的小溪迤邐
小石橋跨過了溪
而人影都去了哪裡？
許是外來的俗人難以窺見其蹤跡
散落的牛羊低頭啃食青草
享用牠們短暫一生的豐裕供給
天空一忽兒洒雨一忽兒雲朵飄逸
過客不識空茫無聲的內裡玄機
吹奏音符滿滿的短笛
一路揚長而去

87　風的邂逅

風的速度
可以獵獵
可以輕柔
邂逅的風浪跡奔流
澀澀青春拋洒壯志遠遊
以歌詠以詩頌
前行睥睨
永不往回走
原野上忙碌百花
依時序編織地表錦繡
金秋醇熟
楓甜與稻香頻送頻收

而回想和回眸
什麼時候竟已在風中
悄然經手

雲是故舊
風是老友
難免不笑談人寰的癡愚凡庸
避不了玄玄名目
躲不過皚皚寒冬
牽掛心悸憂容
何不跳出碌碌忡忡
自在隨風
獵獵或輕鬆

88　夏日最後玫瑰

夏日最後玫瑰
落英紛紛　化作塵泥
土中埋下的　何止片片花衣
留住芳華
曾否是你的祝願
豪情不死
才思未逝
更飄搖於何方風雨

芳華雖盡　玫瑰本色
即使老幹　不論新枝
刺尖　誰人不識
任盈盈讚語　不及其
認知與自恃
尊嚴仍挺立於顫顫枯枝

唯那縷濃郁　冉冉昇起
就讓往事化為輕煙
塵寰深處
即使逍遙走一遭
也激發風雷雨電

如果玫瑰有聲音
會是哪個分貝
是積鬱難發
還是舒暢清越
當你再次高歌
願否　唱出玫瑰的感喟

89　即景。夕陽

捧一掬綠波
笑傲曾經遠洋上的盪漾
輕踩易碎浪花
顛簸著一路來多少張狂
從北海到南洋
自冰封至熱浪
雲霞斜映著日光
猶貝多芬指揮天海一氣的大合唱
振顫的音符超長
籲歌的氣韻飛揚
滿天七彩琉璃碰撞
飄搖　滉盪

星群乍升　夢土啟航
暗藍深紫渲染似水晶
冉冉垂降
橙紅劃上
一抹眷戀
萬千回想

90　驚見彩虹

尋覓千山萬壑，以詩句
凌空飛揚
以不疲雙翼
浴滿虹的千道霞彩
抑或其實它湧自你
清澈無塵眼底？

這一端跨自鵝鑾鼻
另一端可跨越至南極

黑亮的企鵝正自在潛泳
探訪上古時期即遷徙來的知己
冰原野地上的雷鳴琴桃
也或竟是昨夜不期然撞見的夢囈
閃現或隱匿
總不離煙雨

91　一隻鹿的狂奔

話說從前
南海一隻有著美麗犄角的鹿
狂奔到了山崖絕壁之巔
轉身回望牠所從來的山巒迴旋　抱懷依戀
那裡滿是四時變換色相的蔥蘢林木
還有牠一生不盡揮洒的情愫

而在斷崖邊沿
前無去路後有緊緊追捕的箭鏃
驚恐澄澈眼瞳映照著林野的鬱鬱蒼蒼
此刻已無暇回顧　毅然向絕壁一躍而下
之後　是泅泳向另一片萋萋芳草之洲
抑隨波浮沉滅頂於激流

是虛像是實像
意識漫漶在模擬兩可之間
距離可以拉拔至千里之遙　也可就在眼前
聲源　來自四方八面
甚或可以接上外太空的天線
那裡或許會有回應的天仙

註：閱讀余秋雨「山居筆記『天涯故事有感』」，引申而寫

92　一如16歲的清純

春陽乍現
竟在遲暮年紀
酣厚醇美
千江歲月的水痕一一平撫
萬重山外的精魄
就此又魂歸來兮

冷寞荒蕪了心情
失意涼卻了夢境
浪花凝鍊積聚
傖俗與世故
擊撞粉末般碎去

擎起
憨然淳然無羈
雲端也不明究理
即使遐想五十、六十甚或
四十好幾
仍一如你十六歲
清純氣息

93　如果沒有和你相遇

~ 此短詩嘗試以時尚大師 - 聖羅蘭的立場寫就 ~

如果沒有和你相遇
人生就此少了純然會心綺麗
皤醒迷惑由你而昇起
成就超逸風格卓絕而立
薰然自在任我舒展
而舞台聚光的
最應是你的熙和緻密

如果沒有和你相遇
今生無以識得
情深竟能深至幾許
從來不諳人性可以沉潛蘊釀淳美
更無以耽溺笑靨的洒脫與純粹
致使天堂的歌聲
常相左右跟隨

如果沒有和你相遇
生命就缺少了啟航的熱力
狂放張揚起自我獵獵風帆
殊不知沉著的你才是穩椿桅杆
航向天海無涯無羈
總在夢魂深處
分秒不離與你牽繫

如果聖羅蘭沒和皮埃爾相遇
可能就只是天空一閃而過的慧星而已
極其短暫的炫目之後，平淡得不復有人記憶
我雖不是同志，卻感動於這兩人的真情与相知相惜
就別管他們之間是同性還是異性
「惟真情不朽」
總是千古定論

94　羅莽湖故事

不辭千里跋涉
汲汲奔向高地羅莽湖邊
美景連綿小鎮一個接一個展延
引燃我探索它故事悲愴所從來的淵源
你要越高山，我要履平夷，到鄉關，行路難
印證了相互間距離曾經何其遙遠
歌詞載滿垂死兵丁不離不忘寫予所愛的眷戀

又對國家獻上致命的忠堅
時空距今雖已近乎蒼天與赤地般渺遠
任哪一種情事都早已化成雲煙
而「羅莽湖邊」莽莽蒼蒼漾漾詩情畫意
仍時不時在徜徉遊人心扉浮現
猶湖上密佈層疊雲靄
又似不息不滅千波相連
是否也隱含對後世純情的一份祝願？

95　人生有愛

晨曦不須召喚
自山嵐群峰間冉冉升起
夕照無須催趕
也自會漸次墜海傾西
而友朋的關懷與慰藉
自雲端飄然而來
似雲雀唱開了春花
乾坤盡掃陰霾
為什麼
偏偏堵塞了半邊腦袋
不都是心血管才是病灶所在
準是老天擔心
斯人過於聰慧靈敏

搞不好哪天會超越那些
古今往來的絕世天才
愛因斯坦　牛頓　艾倫坡　甚或雪萊？
只用上腦袋的一半
庶幾也可以揮灑得
溜溜精彩

生命的基金所剩無幾
再也沒本錢放浪形骸
七重天外笑逐顏開
行酒令八仙八仙七巧七巧
就都留在時光的長廊裡
任其流盪徘徊

來日多半只得
茹素食齋
歌聲得輕輕地哼
舞步得緩緩地邁
心血來潮時
也別急得在高空蹦跳
即使蓮移絮跺
風采一樣可能
輕久不衰

人生至此
猶如即將再次啟錨遠揚
渾沌太空億萬光年
外加熠熠星海
港灣不限於早前的夢幻色調

盡可無邊無際胡想瞎猜
願否看我翻個觔斗雲
如孫大聖般
瘋癲搞怪

總有那麼一天
就真的躺下
期盼仍然悠哉閑雅
來世再見
也好落個自然自在
今生只因有你　和你　和你
心中就已喜悅滿滿
人生有愛

後記 -
近日體檢，右半邊腦的大血管全部堵塞
醫生訝異於這樣的情況怎麼沒有癱瘓還活得自在？
原來高速公路固然全堵，省道縣道還是通行無礙。
倒是嚇壞了我一些老友，頻頻梢來急切和關懷。
就此自我笑謔調侃一番，但心中滿是感激，滿是愛。
2012

96　桐花雨

似仍上個花季
絮絮飄搖桐花如雨
怎麼恍然就糊塗了記憶

天荒地老是一種傳奇
海角天涯是浪蕩的遺跡
不意竟瞥見陰沉抑鬱
從海溝山壑的
另一處縫隙

岩壁鐫刻音域
飄渺虛幻綺麗

在展翅高飛的瞬間
就洒然直直的搧落去
搧落去

千般忘
桐花雨
只緣夏至
縱馬輕蹄
薰風正得意

97　天外

來世今生差可一隙
鱗翅蛻變
翩飛下搧出光彩絢麗
太空圖鑑的分類裡
人的世界庶幾也蜉蝣天地

寧可天下人負我是一種襟懷
寧可我付天下人是一種傲氣
世道悠悠黑白恁誰缺席
短暫恆久
不過失情醉意的歌詠與豪語

流雲玲瓏卻未見剔透
瀟灑不忌癲狂忘記
待亙古的時間掠過
星河閃閃
一任飄渺鴻鵠天外來去

98　夢中與夢外

汲汲奔向滿山楓紅的林間山野
只為尋覓夢中那份
熠熠朝陽、澄澈神采
爾金與青春相關的都已不再
清純與稚嫩早已離開

挨門挨戶探採
音訊全無
一如外太空的虛渺
無由認知、無由感慨
一無涉所謂的聰穎、昏潰或明白

拋諸雲霄之外的念想自此一散如輕煙
惟滿山遍野的尋覓仍觸動心懷
放達開朗應等同於生命的豁然自在
宇宙如此多元遼闊
本就兼納籠統了萬象的夢中和夢外

99　完美

小童的憨笑是美
遲暮的歎息也是美
花開花謝是美
不意小瓢蟲飛來桌上相伴
似老友意外重逢
是樂也是美
風雲變幻是美
青春的勁亮無疑最美
而追求完美的摸索軌跡
更是美的極致

年輕會自喻滄涼
其實心中躍動的
是青澀的興奮和緊張
激越的心情正飛揚

知完美之不可求
常幡然於中年之後
青澀是一首不老的詩

小河淌水是一種涵養
汪洋大海的可貴
不在怒氣僨張的波濤洶湧
還在它的沈潛和安詳

當時間的額頭爬滿紋路
完不完美的問題
就成了一首幾乎淡忘的童謠
偶爾記起兩句
卻總也哼不成調

不朽與純情
王運如詩選集

國家圖書館出版品預行編目 (CIP) 資料

不朽與純情 ： 王運如詩選集 / 王運如著 . -- 初版
-- 臺北市 ： 樂知事業有限公司 , 2021.05
ISBN 978-986-94379-7-4(平裝)

863.51 110004544

作者	王運如
攝影	王運如
總經理暨總編輯	李亦榛
特助	鄭澤琪
主編	張艾湘
主編暨視覺構成	古杰
出版	樂知事業有限公司
地址	台北市大安區光復南路 692 巷 24 號一樓
電話	886-2-2755-0888
傳真	886-2-2700-7373
EMAIL	sh240@sweethometw.com
網址	www.sweethometw.com.tw

台灣版 SH 美化家庭出版授權方公司

IESG

凌速姊妹（集團）有限公司
In Express-Sisters Group Limited

地址	香港九龍荔枝角長沙灣 883 號億利工業中心 3 樓 12-15 室
董事總經理	梁中本
E-MAIL	cp.leung@iesg.com.hk
網址	www.iesg.com.hk
總經銷	聯合發行股份有限公司
地址	新北市新店區寶僑路 235 巷 6 弄 6 號 2 樓
電話	02-29178022
印製	鴻源彩藝印刷股份有限公司
定價	新台幣 380 元
出版日期	2021 年 05 月出版一刷